ぶらり平蔵

決定版⑯蛍 火

吉岡道夫

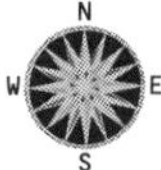

コスミック・時代文庫

本書は二〇一三年十一月に刊行された「ぶらり平蔵　蛍火」を改訂した「決定版」です。

目次

「ぶらり平蔵」主な登場人物

神谷平蔵（かみやへいぞう）　旗本千八百石、神谷家の次男。医者にして鐘捲（かねまき）流の剣客。平蔵の子を宿した妻の篠（しの）を、死産がもとの産褥熱（さんじょくねつ）と肺脹（はいちょう）（肺炎）で喪（うしな）う。

神谷忠利（かみやただとし）　平蔵の兄。公儀目付として旗本の不正を監察弾劾する役務を負う。

神谷幾乃（かみやいくの）　平蔵の兄嫁。母を小さいときに亡くした平蔵の母親がわり。

吉村嘉平治（よしむらかへいじ）　篠の父親。公儀目付の支配下に属する御小人（おこびと）目付。

佐治一竿斎（さじいっかんさい）　平蔵の剣の師。妻のお福（ふく）とともに目黒の碑文谷（ひもんや）に隠宅を構える。

矢部伝八郎（やべでんぱちろう）　平蔵の剣友。武家の寡婦（かふ）・育代（いくよ）と所帯を持ち小網町道場に暮らす。

斧田晋吾（おのだしんご）　北町奉行所定町廻り同心。スッポンの異名を持つ探索の腕利き。

由紀（ゆき）　田原町で湯屋「おかめ湯」を女手ひとつで切り盛りする女将（おかみ）。

小鹿小平太（おじかこへいた）　元刈屋（かりや）藩蔵奉行（くらぶぎょう）下役。妹を弄（もてあそ）んだ家老の息子を斬り捨てて脱藩。

信濃屋甚兵衛　内藤新宿の両替商。本業は「大蛇」の二つ名をもつ筋金入りの女衒。

小池庄三郎　内藤新宿陣屋の代官。信濃屋甚兵衛と癒着。

水野直忠　五千石大身旗本の三男。不良旗本「朱鞘組」の頭領。

大島伝蔵　朱鞘組の一員。小野派一刀流の免許取り。

曽根寅之助　朱鞘組の一員。林崎夢想流の遣い手。居合いを得意とする。

鏑木典膳　直心影流の剣士。朱鞘組と袂をわかち、平蔵に立ち合いを挑む。

美鈴　二十軒茶屋「夕月」の茶汲み女。浅草今戸町で鏑木典膳と暮らす。

お萬　下目黒村の自前百姓。夫に逃げられ、娘と二人暮らし。

お光　お萬の娘。器量よしに目をつけられ、信濃屋甚兵衛に狙われる。

仙涯和尚　下目黒村真妙寺の住職。一竿斎の碁敵。お萬母娘の名付け親。

竹井筍庵　下目黒村瀧泉寺門前の一軒家に住まう蘭方医。

序章　鬼っ子

——天正十二年（一五八四）。羽柴秀吉は家康の軍勢と小牧長久手の戦いで勝利して天下平定を果たし、二年後、太政大臣となって豊臣の姓を賜り、天下人となった。

これに先立ち、家康は松平の性を徳川と改名したが、秀吉にとって家康は常に目離しのできない存在であった。

そこで秀吉は箱根の険峻の彼方にある関東に家康を配備したのである。

家康にとって東海の地を離れることは忍びがたいものだったが、隠忍自重して関東に着任した。

しかし、当時の関東平野は芦の生い茂る湿地帯が多い不毛の地であった。

家康は不満をつのらせる家臣をなだめ、大土木工事を起こし、この地を江戸と命名したのである。

江戸の江は入り江を意味し、戸は人の住まいを意味する。

以来、家康は海に面した江戸を港湾都市とするため心血をそそいだ。

慶長三年（一五九八）、秀吉が没したのち、家康は当代一の軍事力を背景に諸大名を傘下にとりいれ、関ヶ原の戦いで西軍を打ち破り、天下人になったのである。

征夷大将軍となった家康は伏見に銀座を置いて慶長金銀を鋳造し、全国の金山銀山を掌中にしてしまった。

天下泰平の見通しがつくと、家康は秀吉子飼いの加藤清正、福島正則、加藤嘉明たち大名には徳川譜代の家臣が目をむくほどの高禄をあたえて懐柔した。

ただし、秀吉恩顧の武将の領国は関東から遠く離れた九州や四国、中国地方に追いやり、さまざまな土木工事を外様大名に命じて蓄えている金銀を費消させた。

それればかりか家康は秀吉恩顧の大名たちの些細な過失を咎めだてしては、つぎつぎに改易させていったのである。

元和八年、秀忠の代には諸大名の内室や子供を人質として江戸屋敷に留め置くことを命じた。

さらに家光の代には大名たちに参勤交代を命じて以来、江戸の人口は急激に増加の一途をたどった。

西の大坂や京都の商人たちも江戸に本店や支店を出すようになり、世の中は武士の時代から商人の時代に変わりつつあった。

戦いのために存在していた侍は士農工商の首座の格は保たれていたものの、刀は威厳を保つための道具でしかなくなっていった。

明暦のころには武芸こそ侍の表芸と誇る旗本奴が、水野十郎左衛門を頭に白柄組を名乗り、幡随院長兵衛を頭にした町奴と諍いを起こした末、死罪となった。

ついで元禄十五年（一七〇三）には播州赤穂の浪人四十七人が、幕府の裁決が片手落ちだったことを不服とし、吉良邸に討ち入り、武士の意地をしめしたが、幕府は全員を切腹に処した。

幕府を支えてきた戦闘集団だった譜代の旗本は、幕府にとってお荷物のような存在になり、それまでは算盤侍といわれ軽んじられていた者や、口弁のたつ者が要職につくようになってきた。

東海の三河郷に発した松平一族を支えてきた戦闘集団の中核だった譜代旗本の多くは、生涯さしたる役職にもつけず、ただ無為に徒食する「鬼っ子」になっていたのである。

第一章　忘八者

一

——その日。

暮れ六つ（午後六時ごろ）に近い夕刻、吉原遊郭の大門をくぐった七人の侍がいた。

いずれも月代を青々と剃り上げ、紋付き羽織に仙台平の袴、白足袋に雪駄履きであった。

ただ、この七人が腰に帯びている大刀も脇差しの鞘も鮮やかな朱塗りだった。

直参であろうと藩士であろうと侍の刀の鞘は黒塗りが御定法である。

大門の面番所に詰めている公儀の役人も、朱鞘の腰の物にはさすがに度肝をぬかれた。

大門は男の出入りを咎めることはないが、揃いも揃って七人もの身分のありそうな侍たちが、いずれも朱塗りの大小を帯びているというのには目を瞠ったのも無理はない。

浪人者ならともかく、どこから見ても七人とも歴とした身分のある侍である。

しかも、七人とも見るからに眼光は鋭く、武芸で鍛えられた躰つきをしている。

「おい、あれが噂の朱鞘組じゃねえのか」

面番所の隠密同心が配下の岡っ引きにささやいた。

「へ、へい……まちげぇございません」

岡っ引きは口をゆがめて吐き捨てた。

「大店だろうが、藩の江戸屋敷だろうが、裏で後ろ暗いことをしているところに乗り込んでいっては、脅しつけて容赦なく大金をまきあげるそうですからね」

「ほう、それではまるで恐喝じゃないか」

「ですが、朱鞘組というのは、揃って大身旗本の血筋を引いているうえに剣が滅法たつお方ばかりでしてね」

「ははぁ、奉行所もうかうか手がだせないというわけか……」

「へい。ま、さわらぬ神にたたりなしというやつでさ」

「そいつは始末が悪いのう」

二人は肩をすくめた。

「そんな物騒なのが七人もそろって吉原に乗り込んできたとなりゃ、なにかやらかすつもりじゃありませんかい」

「ふうむ……とにかく、ここは見て見ぬふりをするしかあるまいな」

大門にはいる前から七人には「小紫」という引手茶屋の手代がついている。

七人の侍は四郎兵衛会所の前を通ると、手代に案内されて江戸町一丁目の「小紫」に足を運んだ。

見世の主人や番頭たちが揉み手をしながら満面に愛想笑いを浮かべて出迎えたところをみると、相当な上客なのだろう。

玄関に出迎えたのは羽織をつけた五十年輩の小柄な男だった。

この男は吉原では知らない者はいない大蛇の甚兵衛という女衒の大物である。

吉原の大籬（大見世）や中見世、小見世はもちろんのこと、羅生門河岸や西河岸あたりの安直な局見世でも甚兵衛の息のかからないところはない。

むろん、浅草や深川、下谷から根津権現の遊女屋にまで信濃屋甚兵衛が売りつけた女は数えきれないほどいる。

甚兵衛にとって女ほど儲かる商品はほかになかった。

上玉は吉原に高値で売りつけ、吉原には向かない女は下町の遊女屋にまわす。

四十過ぎの大年増は頭を剃らせ、墨染めの衣を着せ尼遊女にし、色を売らせる。

——女は骨の髄までしゃぶりつくせる打ち出の小槌みたいなもんよ。

それが甚兵衛の口癖で、忘八者の典型のような男だった。

二

引手茶屋「小紫」の二階にある大広間に案内された七人の侍を上座に案内した甚兵衛は、五尺（百五十センチ）にも満たない小柄な躰で平伏し、丁重に挨拶した。

「今宵は公儀直参のお歴々に足を運んでいただいて信濃屋甚兵衛、身にあまる果報と恐縮しております」

ふかぶかと腰をおりながら、七人をまんべんなく見渡した。

「ご足労をおかけしたお礼の印に今宵は存分にお過ごしください」

「それがしが朱鞘組の大島伝蔵じゃ」

「お噂はかねてより存じあげておりまする。みなみなさまも、どうぞ、ごゆるりとお過ごしください」

甚兵衛はかたわらの仲居に目配せすると、一分銀二十五両を封印した包みを七つ、杉なりに積んだ白木の三宝を運び込ませた。

「これは信濃屋のささやかな挨拶料でございまする」

「ほう、それにしても挨拶料が百七十五両とは、ようはずんだものだの」

「なんの、商人は金を散じることも元手のひとつでございますよ」

甚兵衛が居並ぶ面々に満面の笑みをふりまいたとき、大島の左にいた侍が鋭い眼差しを向けた。

「金が命の商人が初見の挨拶料にそれだけの大金を差し出すからには、それなりの思惑があってのことであろう。われらに何をさせようというのかもうしてみよ」

この侍の名は鏑木典膳といって、千二百石の大身旗本の三男だが、直心影流の遣い手で、道場破りの浪人者を木刀で撃ち殺して破門になった。

しかも、父親からも屋敷への出入りを禁止された鏑木典膳は目下は馴染みの茶汲み女の家に居候する身となっている。

「おい、典膳。そう堅苦しいことをもうさずともよかろうが」

大島伝蔵が取りなし顔で苦笑した。

「いえ、大島さま。鏑木さまがご懸念を抱かれるのはごもっともでございます」

甚兵衛はひらひらと片手をふって、鏑木典膳に柔和な眼差しを向けた。

「さすがは千二百石の御大身、公儀御書物奉行を務められる鏑木市郎右衛門さまの御子息、ご指摘はごもっともにございます」

「よういうわ。その口振りでは、おれが父の勘気を受けて屋敷に出入り禁止を申し渡されておることも承知しておろうが」

「はい。ですが、それも典膳さまが道場破りの浪人者を一撃のもとに打ち破り、死にいたらしめた一件がお父上のご勘気にふれたゆえと伺っております」

「ほう……よう、知っておるな」

鏑木典膳は口辺に苦笑をうかべた。

「仰せのとおり、わたくしめは銭が命の商人、またお武家さまは武道精進が命綱、なればこそ、その武芸を手前どもの商いの助けにしていただこうと、今宵、お招きいたしましたので……」

「ふふ、つまりはわれらに信濃屋の用心棒になれということだな」

「商人の用心棒ではお気に召しませんかな」

「なんの、用心棒、おおいに結構だ。そもそも侍というのは世の中の用心棒みたいなものだからな。のう、大島どの」

「ふふふ、きさまの直心影流も今のご時世では居眠りしているようなものだからな」

大島伝蔵が呵々大笑した。

「ただし、信濃屋。こやつは大の臍曲がりゆえ、甘く見ておると逆に噛みつかれるやも知れぬぞ」

「これは耳の痛いことを……」

甚兵衛は一瞬、鏑木典膳に鋭い視線を走らせたが、すぐに目尻に笑みを滲ませた。

「さ、さ、みなさまがた、今宵は物騒な話は抜きにして、存分に浮世の憂さを晴らしてくださいまし……」

そういうと仲居にうなずいてみせた。

仲居が立って襖をあけると、隣室に控えていた吉原芸者が七人、幇間とともに赤い蹴出しをちらつかせ、黄色い嬌声をあげてはいってきた。

吉原芸者は別名を見番芸者といい、宴席を盛りたてるのが役目で色は売らない。

幇間といっしょになって舞いを披露したり、小唄を口ずさんで客の遊びごころをくすぐる芸達者が多かった。

深川あたりの町芸者は銭次第で転ぶが、見番芸者は客と寝ることはない。

見番は仲の町にあったので、見番芸者は仲の町芸者とも呼ばれたようだ。

〽朝の帰りもまだ早い……もう一服と抱きしめし、その言の葉が居続けと……
しげりしゆえに、おまえの身……仇となしゆく、あれ哀しやな

三味線の音にあわせて見番芸者が口ずさむ新内の文句が、遊客のこころを憂き世から遊里へと誘い込むのである。

その新内にあわせて、芸者が赤い蹴出しから白い足をちらつかせて舞う。

吉原遊郭は引手茶屋という幕開けから客を遊蕩の世界に誘いこむようにできている。

三

吉原遊郭は浅草寺の北にひろがる浅草田圃の一角にある。

遊客を迎える吉原大門は山谷堀に沿った日本堤の南にあり、廓の総面積は二万七百六十七坪という広大なものだ。

廓の周囲は忍び返しを植え込んだ黒板塀にかこまれ、掘り割りに囲まれている。この掘り割りには遊女が使った「お歯黒」が流されるため、俗に「お歯黒どぶ」と呼ばれていた。

廓にはいる入り口は吉原大門のほかにはなかった。

吉原は町奉行所の支配下にあり、大門をはいった左側に面番所という役所がある。

ここには隠密廻り同心が二名と、配下の岡っ引きが昼夜交代で詰めている。

その反対側には番人が常駐している四郎兵衛会所、または吉原会所ともいう板屋根の小屋がある。

いずれの番所も、手配中の悪党が入ることと、廓内の女たちが廓の外に出るのを監視するためのものである。

ただし、男の出入りは遊興はもとより見物や商用を問わず、昼夜の別なく咎められることはなかった。

女が外に出るときは引手茶屋か、会所にもうしこんで通行切手をもらわなければならないきまりがある。

遊女の逃亡を防ぐための措置だったが、なかには男に変装して逃亡するものがあった。

しかし、まんまと逃亡できても吉原の追跡は執拗（しつよう）で、逃げのびることができた遊女はほとんどいなかった。

大門を入ってまっすぐの通りを仲の町といい、道幅は約十二間（二十一メートル）もあり、中央には排水溝が貫いていて、上にはどぶ板が敷きつめられている。

この、どぶ板の上には防火のための用水桶（ようすいおけ）が置いてあり、妓楼（ぎろう）の屋号が記されている。

用水桶と用水桶のあいだには行灯（あんどん）がもうけられ、誰哉（たそや）行灯と呼ばれている。

誰哉行灯は常に油をかかさず、夜明けまで灯をともしつづけているため、吉原は江戸の不夜城でもあった。

吉原の妓楼は大籬と呼ばれる、間口がおよそ十数間（二十数メートル）、奥行きはおよそ二十数間（四十メートル）もある数軒の大見世を別格にして、ほかは中見世と小見世にわけられていた。

籬というのは客と見世の境目にもうけられた格子（こうし）のことで、大見世の格子は全面が朱塗りになっていた。

籬はおそらく遊女と客の間を隔てる間垣（まがき）という意味合いのものと思われる。

全面を格子でへだてられた大籬では、客は格子のあいだから遊女を眺めるしかない仕組みになっている。

ほの暗い室内は昼間でも行灯がともされていて、格子戸の隙間からのぞく遊客の目には、艶（あで）やかな衣裳をまとい、金銀の髪飾りをつけた遊女の白い顔は、幽玄（ゆうげん）のかなたにいる天女のようにも見えたにちがいない。

花魁（おいらん）と呼ばれる最高位の遊女は見世の奥にいるため、さだかには見えないようになっている。

はっきりと見えないからこそ、花魁の値打ちもあがるということになる。

また、それこそが大籬の楼主（ろうしゅ）の狙いだったともいえる。

格下の中見世と小見世は格子があけられている所があって、客はじかに遊女を見られるし、声もかけられる。

いずれも仲の町の表通りにあったが、むろん遊女の揚代もそれぞれにちがっている。

ほかに西の西河岸と東の羅生門河岸、伏見河岸、京町二丁目と呼ばれる小見世もある。

小見世は局見世といい、揚代も安い妓楼で年季明けの年増女がほとんどだった。ここでは引き込みの遣り手女が客の袖を引いて呼び込みもする。

これらの局見世には懐中の寂しい御家人や、小商人、職人たちが登楼する。

局見世では廻しといって一人の遊女が部屋を順にまわっては枕を交わし、客の数をこなして売りあげを競った。

廻しに目くじらをたてるような客は野暮天といわれ、嫌われた。

四

吉原遊郭の遊女の数は時代によってちがうが、およそ数千人前後だった。

これらの遊女は見世の楼主が買いつけることもあるが、大半は女衒と呼ばれる人買いたちによって送り込まれる。

人身売買は禁止されていたから、売られてきた女は楼主とのあいだで年季奉公の証文をかわすのがきまりになっている。

ただし、女には着物や帯、簪（かんざし）などの装飾品、食い物の借金が積み重なってしまう。

女の盛りが過ぎたころになって、ようやく吉原を出られるようになるが、遊芸は身についているものの家事などはできないため、ふたたび水商売につくものがほとんどだった。

元禄のころに書かれた戯作（げさく）「傾城色三味線（けいせいいろじゃみせん）」には「床での虚啼（そらなき）、結い髪の乱るるもおしまず、枕をはずして足の指をかがめ、両の手にて男をしめつけ、息づかいあらく」と記されている。

楼主の手先である遣り手女たちは、こまごまと遊女たちに客の床あしらいを仕込むのが役目だったのだろう。

俗にいう、よがり泣きは遊女を仕込む手順のひとつだったようだ。

この、虚啼や、床あしらいの上手下手（じょうずへた）で遊女の値段も格もちがってくる。

吉原に売られてくる女のほとんどは男を知らない処女（きむすめ）だったため、遣り手女は閨事の教育係だった。

遣り手女はほとんどが遊女あがりで、廓ぬけを見張ったりするかたわら、遊女たちに客を歓ばせる性技をさまざま仕込んだのである。

ただし、役者は馬鹿ではなれないといわれるのとおなじく、賢くなければ遊女の最高位である花魁にはなれなかった。

吉原に売られてくる女のなかには武家の娘もいれば、貧しい小商人の娘もいるが、おおかたは田舎の百姓娘である。

それを買いつけてくるのが女衒だが、吉原が好むのは男を知らない処女である。なまじ早熟で男を知っているような蓮っ葉な娘は吉原では敬遠された。

男の肌身を知らない処女は遊客にとっては新鮮で、歓んで数百両もの大金を投じる客がいくらでもいたのである。

処女の初々しさは遊びなれた年輩の客にとっては、なまじ床上手な遊女より貴重だったのだろう。

吉原遊郭の楼主たちにとって、最大の関心事は売り物である女の仕入れだった。

できるだけ上物の女を、いかに安く入手できるかで見世の格もあがるし、売り上げもちがってくる。

そのために女の目利きに長けた女衒は、楼主にとって必要不可欠のものだった。

昨日まで野良仕事をしていたような土臭い小娘を一目見ただけで、どれだけの値がつくかを見極められる女衒でなければ、吉原の楼主は相手にしない。

非情で冷酷、かつ、娘の値踏みがたしかな女衒だけが楼主の目がねにかなう。

吉原の楼主や女衒は忘八者といわれるように、情け無用の者たちである。

忘八とは仁、義、礼、智、忠、信、孝、悌の人の道の外に生きる者たちのことである。

江戸後中期の文化十三年（一八一六）に上梓された「世事見聞録」のなかで、筆者は「遊女というのはみずから好んで花街に身を沈めた者はいない。親兄弟や近親者を貧から救うために忘八者によって売られてきた哀れな犠牲者である」と厳しく糾弾している。

また、筆者は「遊女の手練手管に騙され財産を失った者が恨むべきは、忘八者という女衒や遊女屋の主人たちであって、かれらこそが天道人道に背く畜生外道ともいうべき者どもで、どんなに憎んでも憎みてあまりある人外の者である」と口を極めて罵っている。

遊郭の楼主や女衒のような忘八者などという輩は若い娘の膏血を絞り取る鬼畜

生のような輩、人外の者ということだろう。

五

信濃屋甚兵衛は内藤新宿で両替商をしているかたわら、水茶屋や賭場も持っているが、その正体は筋金入りの女衒である。

内藤新宿は徳川家康が豊太閤から命じられ、三河から江戸に移封してきたとき、甲州街道に向かう要衝の地である新宿に腹心の内藤外記を配置した。

このとき家康が内藤外記に騎馬で一回りできただけの地をあたえようと約束したのが内藤新宿の始まりである。

新宿は甲州街道から江戸に入る関門にあたるため大木戸を設置し、入り鉄砲と出女を厳しく取り締まった。

入り鉄砲を禁じたのは、むろん不穏分子が江戸に入ることを警戒した処置だった。

出女を厳しく取り締まったのは各藩の江戸屋敷にいる大名の奥方は、いわば幕府にとっては人質のようなものだったからである。

諸藩の大名は妻をめとると江戸屋敷で暮らすよう定められ、国元に定住することは許されなかった。

むろん、奥方が産んだ子供も江戸屋敷で育てられ、大名が隠居願いを出して、嫡子が跡を継いだとき、初めて許可を得て参勤交代のときに帰国を許される。

大名が帰国する道筋は東海道、中山道、日光街道、甲州街道、奥州街道の五街道にかぎられていた。

五街道には、それぞれに大木戸と呼ばれる関所が配置され、出女を厳しく監視したのである。

内藤新宿の大木戸役人は直参の旗本が着任し、川筋には高札場が設けられ、不審な者や女の出入りに目を光らせていた。

とはいっても泰平の世がすすめばすすむほど、商いや職をもとめて江戸にやってくる人はふえる一方だった。

大木戸を通らなくても江戸にはいる道はいくらでもあるし、江戸から諸国に向かう人もふえる。

商いばかりではなく、お伊勢参りや上方見物に出かける人もいるし、熱海や箱根に湯治に行く者もある。

道中手形を手にいれるのはさほどむつかしくはないし、旅なれた者はどこを通ればいいかを知っている。

関所にしても、袖(そで)の下を使えば難なく通ることができる。

しかも、江戸という街は武家屋敷が大半を占めている街である。

ことに諸藩の江戸屋敷には国元に妻子を残して単身赴任している侍が半数を占めるため、女の働き口はいくらでもあった。

武家屋敷や商店は女中を欲しがるし、水商売は女がいなくては客を呼ぶこともできない。

江戸という街は男の数が格段に多いということもあって、常に女が不足していた。

ことに吉原遊郭は遊女だけでも常に二、三千人の若い女を抱えているため、あの手この手を使って田舎の娘を買いあさる。

甚兵衛のような女衒を商売にしている男にとって、吉原遊郭はまさしく打ち出の小槌のような存在だった。

六

甚兵衛は浅草の鳥越町(とりごえちょう)で生まれた。

大工だった父親は鳥越明神(みょうじん)の氏子(うじこ)で、六月に催される鳥越の夜祭りの御輿(みこし)を担ぐのをなにより楽しみにしていた。

甚兵衛が十二歳のとき、父が祭りにはつきものの喧嘩(けんか)にまきこまれ、足の骨を折って仕事が思うようにできなくなった。

父親は酒に溺(おぼ)れてしまい、食うにもこと欠くようになった母は甚兵衛を連れて家を出てしまった。

母は飲み屋の酌取(しゃくと)り女になり、毎夜のように男を連れ込んだ。

まだ子供の甚兵衛の寝ているそばで、母親はあられもない嬌声をあげる。

毎晩のようにちがう男に抱かれては、銭をもらう母を見せられているうちに、甚兵衛の女を見る目は冷めたものになっていった。

おなじ長屋に住む女のなかには夜鷹(よたか)もいたし、女房たちのなかには亭主を寝取った、寝取られたと髪を振り乱し、取っ組み合いの喧嘩をするものもいた。

十六のとき、甚兵衛がひそかに思いを寄せていたきよという娘が、近くの質屋の主人の妾になることがきまった。

その夜、きよは甚兵衛を鳥越明神の社殿の裏に呼びだした。

きよは父親の借金を肩代わりしてもらうために妾になるということを告げたあと、一生の思い出に甚兵衛に抱いてほしいと訴えたのである。

まだ女の肌身を知らない甚兵衛と、生娘のきよとの交合は稚拙なものだったが、その夜、二人は何度も繰り返し交わった。

きよの父の借金は五両だったが、利子がつもりつもって一年で倍の十両にもなったのだという。

——世の中はなにがなんでもお金しだいなのよね……。

抱かれたあと、きよがぽつりとつぶやいた言葉が十六歳の甚兵衛の胸にぐさりと突き刺さった。

——だって、うちで十両なんて大金になるのは、あたしのほかにないんだもの……。

この、きよの言葉が甚兵衛の運命を変えてしまったといえる。

母親が毎夜のように見知らぬ男に抱かれて嬌声をあげるのも銭のためである。

夜鷹をしている女も、ほかに売るものがないからである。

亭主を寝取った、寝取られたと喧嘩していた女も、最後は大家の仲立ちで、男のほうがたった二両の詫び代を払ってケリがついた。

——世の中、万事が金しだい……。

まだ十六歳の甚兵衛にとって、この、きよの言葉は耳にこびりついて離れないものになった。

七

それから間もなく甚兵衛は母親を捨てて長屋を飛び出し、長吉（ちょうきち）という女衒の下で女の売り買いを手伝うようになった。

賭場をひらくにはヤクザ者の子分を抱えなくてはならないが、女衒は一人でもできる。

やがて、長吉が喧嘩で刺されて死んでからは一人で甲斐（かい）や信濃、越後（えちご）、越前（えちぜん）あたりをまわっては、暮らしの銭に窮している百姓や職人、小商人に小金を貸し付けた。

カタは娘や妹、女房で、貸すときのえびす顔、取り立てるときは閻魔顔に一変する。

貸した金が返せなくなると容赦なくカタにとった女を引き立てて江戸に連れていき、市中の女郎屋に売りさばくという一人前の女衒になっていった。

ときには野良で働いている娘を力ずくで拐かし、売り飛ばしたこともある。

泣きわめいて逆らう女は、とことん観念するまで繰り返し犯しては遠国の淫売宿に売り飛ばした。

甚兵衛は生来が強精で、女が音をあげるまで何度も責めたてた。

女の数をこなすうち、どんな女が男の好む女かが次第にわかるようになった。

いくら器量がよくても、男が好む女とはかぎらないこともわかった。

そのうち甚兵衛は抱いてみなくても、耳朶や鼻梁のふくらみ、唇の形、目尻や足の脹ら脛、掌を見れば上品か、下品かを見わけられるようになった。

上品、下品は女衒や遊郭の楼主などが使う隠語である。

いくら器量よしでも、下品は客から好まれない。多少、器量は落ちても上品の女には上客が常連になってくれる。

甚兵衛は上品を吉原遊郭の大籬（大店）に絞って売りこんだ。

吉原は女衒から女を買うにもふつうは七、八両しか出さなかった。

しかし甚兵衛は、器量もよく、女体がしなやかで、かつ上品の娘は安くても十倍から数十倍の高値をつけた。

——これだけの上品なら大身の御旗本か、大店のご主人が喜んで言い値で引き取ってくださいます。

そう、うそぶいたが、事実、甚兵衛はそういう上客を贔屓にもっていたのである。

やがて吉原の大籬も甚兵衛のいうなりの値段で買うようになった。

甚兵衛が太鼓判をおした女は後日、大籬の花魁になって楼主の懐を潤した。

そうして稼いだ金を元手に、甚兵衛は新宿の仲町に信濃屋の屋号で両替商の店をかまえて、腕のたつ浪人者を雇い、子分を抱え、明神一家という名で縄張りをひろげていった。

かたわら、甚兵衛は初めての女だったきよの旦那が零落していることを知ってきよを引き取り、喜代と名を改めさせ、妻にしたのである。

喜代はすでに四十を過ぎた大年増になっていたが、甚兵衛は天竜寺門前町に家をもたせ、女中をつけて何不自由なく暮らせるだけの金を渡してやった。

喜代は甚兵衛を両替商と信じきったままで、二年後に病いを患い亡くなった。以来、甚兵衛は妻を娶ろうとはしなかった。

甚兵衛にとって、女はあくまでも商品以外の何物でもなかったのである。

八

吉原遊郭は常時二千人から三千人の遊女を抱えているため、いい女には金に糸目をつけなかった。

吉原遊郭の楼主は、甚兵衛のような女衒にとってはまたとない上得意だった。

甚兵衛は吉原の遊女というのは器量がいいだけではなく、賢くて、かつ立ち居振る舞いに品がなければならないことを知りぬいていた。

吉原の客のなかには藩の江戸留守居役や大身旗本もいれば、大金持ちの商人もいる。

こうした上客が吉原にもとめるのは、単に女体だけではなかった。

ただ、女が抱きたいというだけなら屋敷や店に雇っている女中もいるし、料理屋にいけば転び芸者もいる。

どこの神社の境内にも水茶屋が軒を連ねていて黒い半襟に赤い蹴出しの茶屋女がおり、一分も握らせれば連れ込み宿で色を売る。

しかし、そこには遊びごころというものはなく、ただ男の一物を女の股座にはめこむだけの味気のない交わりでしかない。

いっぽう、吉原の遊女たちは日頃から書道や生け花、茶道、琴、三味線にはじまり囲碁や将棋、和歌や俳句まで師匠について学ばせられていた。

どんな席に出ても、客の求めるままに和歌や俳句を詠んでは短冊にしるして披露することができるように、日夜、厳しく仕込まれていたのである。

ことに最上級の花魁ともなると、気にいらなければ千両箱を積まれても平然と袖にするような気位をもちあわせていたのである。

そこに吉原の花魁と、巷の転び女とのちがいがあったといえる。

そういう女の見極めができるのが甚兵衛だった。

数年前、西国の大名が二千両を積んで落籍した大文字屋の花菱という花魁も、甚兵衛が折り紙つきで二百両という高値で売りつけた遊女だった。

大文字屋が花魁に仕立てあげて三年とたたぬうちに、なんと十倍もの高値で身請けされたのである。

むろん、そのあいだに花菱が大文字屋にもたらした利益は千両を超えるだろう。

吉原の楼主はあらゆるところに手をまわし、常時、女を仕入れているが、公儀から咎めを受けるような阿漕なことはできるだけ避けたい。

しかし、常に数多くの遊女を抱えている吉原は、年季明けや病死で不足する遊女を新しく補充しなければならなかった。

それも、娘ならなんでもいいというわけにはいかない。

そのために、女の目利きに長けた女衒の手を借りて女を仕入れることになる。

甚兵衛のような男は吉原にとってはなくてはならない存在だったのである。

第二章　血　筋

一

「おまえさま……」

篠は高熱に喘ぎながら、枕元に座っていた平蔵に向かって手をさしのべた。

平蔵が両手でつかみとった篠の掌は火のように熱く、息づかいも乱れがちだった。

「わたくしは……嫂上さまにお目にかかるたび、早くおまえさまのややを産んでほしいと……そういわれておりましたのに……もうしわけございませぬ」

「…………」

「神谷の血筋はひとりでも多く欲しいと……これは、兄上さまの願いでもあると……そうもうされておりました」

「神谷の血筋だと……」

平蔵はしばし言葉を失った。

どうやら、篠がおのれの命とつりかえにしても赤子を産みたいと執着したのは、神谷の血筋を残したかったからのようだ。

たしかに、おなごの腹は借りものという意識が武家にはある。

——三年、子なきは去れ……。

そんな牢固とした黴臭い言葉を耳にしたことはあるが、平蔵は譜代旗本の神谷家を出て一介の町医者になった身である。

血筋などということは微塵も頭になかったが、篠はそうは思っていなかったようだ。

篠の父の吉村嘉平治は御小人目付で、公儀目付を務めている平蔵の兄・忠利の支配下に属する。

上司である忠利の意向は吉村家の存続にもかかわる重みがあったのだろう。

——哀れな……。

平蔵は病みやつれた篠の細い手首をつかみしめた。

「でも、その、ややも産むことができずに、わたくしは……わたくしは……」

途切れ途切れの苦しい息の下から、篠はよしなしごとを悔やみつづけた。

篠は半月前に男子を死産した。

身籠もって三月目に流産しかけたとき、往診してくれた伝通院前の名医、小川笙船が、篠は三十路を過ぎての初産でもあり、母体には細心の留意をしなくてはならないだろうと警告してくれた。

女の初産の適齢期は十六歳から、せいぜいが二十二、三歳ごろまでだということは、医者である平蔵にもわかっている。

一度、出産していれば子袋もこなれているし、産道もひろがりやすく、出産も楽になるが、二十五歳を過ぎると胎みにくくなり、さらに三十路を過ぎての初産は母体への負担もおおきくなって難産になりやすい。

そのため武家はもとより町人のあいだでも、女は二十歳までは娘と呼ばれて嫁入り口が一番多いが、二十歳を過ぎれば年増となって、女の盛りだが嫁入り先はすくなくなってくる。

三十路を過ぎると大年増と呼ばれて、再婚口でさえ格段に厳しくなってくる。

大奥などでは二十歳を過ぎれば、どんなに上様の寵愛の深い側室でも「お褥御免」を願い出ることになっている。

歌舞伎にとりあげられた大奥の老女、絵島は家継の生母に仕えたが、老女といっても二十代の女盛りだった。

それが歌舞伎役者の生島新五郎を贔屓にし茶屋の酒宴に招いたことが噂になって咎められ、信濃高遠に流刑になり、六十一歳で侘しく生涯をとじた。

生島と情交をかわしたかどうかはわからないが、男子禁制の大奥に仕える女中というのは上様以外の男とは口をきくのも論外という世界だったのである。

また、武家の奥方や側室は子を産むために迎えるもので、房事を楽しむためのものではないという考えが牢固としてあった。

しかし、譜代旗本である神谷家を出て一介の町医者になった平蔵は、生来気儘な性分だったため、市井に生きる道をえらんだのである。

だから、平蔵は素朴に生身の男として篠の女体を求めただけで、ややを欲しいと思ったからではなかった。

なにがなんでも跡継ぎの男子を欲しがるのは、それなりの安定した食禄や歴とした家名がある武家か、富裕な商家の主人ぐらいのものである。

その日暮らしの職人や小商人にとっては、子ができればそれだけ食い扶持がふえて暮らし向きがきつくなる。

平蔵の住まいの近くにある浅草の蛇骨長屋の住人のなかには、生まれた赤子を夜中にこっそりと大川に流してしまう者さえいる。

だが、それを哀れと思うものの、咎める気にはなれない。

貧乏人の子沢山がどれほどきついことかは、まわりの者をみていれば胴身にしみてわかっているからだった。

口減らしのために、子供は七つか八つになると大店の丁稚や女中奉公に出し、ときによっては女の子を女衒に売るものさえいる。

平蔵の親友の矢部伝八郎などは、もともと三人もの瘤つきだった妻を娶ったおかげで、年中ぼやいている。

ならば、ややが産まれるようなことなどしなければいいようなものだが、そうもいかないところが生身の人間の性というものなのだろう。

平蔵も篠が身籠もったと聞かされたときは困惑した。

忙しいばかりで、とんと実入りの乏しい町医者では食い扶持がふえれば家計が逼迫するだけではなく、篠が風邪でもひこうものなら赤子の世話もしなければならなくなる。

かといって女中を雇える身分でもないから、赤子の世話をしながら診察や治療をする羽目になる。

伝八郎は道場の師範代とはいってても、井手甚内や柘植杏平という頼もしい相棒がいるが、平蔵は孤立無援の貧乏医者である。

下手をすると赤子をねんねこ半纏でおんぶしつつ、患者を診なければならなくなる。

——これはたまらんぞ……。

考えただけでも頭を抱えたくなる。

だから篠が流産しかけたときも、なにも無理をしてまで赤子を産まなくてもいいと思っていた。

むろん、そのいっぽうでは三十路を過ぎての篠の安産を願ってもいて、小川笙船の診断では、このままでは再度、流産の危険も生じかねないというので千駄木にある篠の生家に預けることにした。

ややが欲しいからというよりは、篠の躰を案じたからである。

義父の吉村嘉平治は跡取りの息子が嫁を迎え子もできたため、近くの組長屋に別住まいをしている。

二

義父はひとり暮らしをしていたため、お勝という働き者の四十女を女中に雇い、家事万端をまかせていた。

吉村嘉平治は黒鍬之者に属する十二俵一人扶持という最下級の御家人だった。しかし、御小人目付についてからは十五俵一人扶持の役料がつくので、どうにか女中を雇うことができたのである。

お勝は黒鍬之者配下の寡婦で、篠とも幼いころからの顔見知りということもあり、喜んで篠の面倒をみるといってくれた。

小川笙船もそれがいいだろうとすすめ、ときおり暇をみては往診してくれた。

小川笙船は漢方医として知られた名医で、いま、将軍吉宗の下命を受けて小石川薬草園に隣接する地に無料の施薬院を建設することになり、その肝煎りに任じられている。

平蔵は江戸五剣士の一人に数えられる鐘捲流の達人佐治一竿斎から免許皆伝を受けた剣士だが、磐根藩の藩医をしていた叔父夕斎の跡を継いで医者の道をえらんだ。

小川笙船は、平蔵が医療の師と仰いでいる名医である。

しかも、平蔵の住まいより、笙船師の住まいがある伝通院前のほうが近いということもあって、篠を説得し、白山権現近くにある義父の組長屋に駕籠で連れていったのだ。

むろん、平蔵もときおり診療の合間を縫ってようすを見にいっていた。

お勝の面倒見もよく、篠は見るからに血色もよくなり、胎児も順調で、まずは安心していた矢先の死産であった。

ところが、そのとき産道を傷めたらしく、その傷口から産褥熱に冒されたうえに肺脹（肺炎）まで併発したのである。

知らせをうけて平蔵が駆けつけたとき、篠はすでに高熱にうなされ、生死の境をさまよっていた。

急遽、伝通院前から駕籠に乗って駆けつけてくれた小川笙船も手のほどこしようがなかった。

もはや、篠の余命は幾ばくもないという笙船の診断であった。

その夜から、平蔵は篠の病床のかたわらにつきそって、看取りをつづけた。

笙船が解熱に卓効のある秘薬を配合し、木の匙で、篠の口にふくませようとしたが、篠は嚥下することもできず、昨日からは水一滴もうけつけなくなって、生死の境をさまよいつづけていたのである。

しかも、半刻（一時間）ほど前からは脈拍もかぼそくなり、乱れがちになった。

平蔵は篠の手を握りしめたまま、ときおり病床の篠に声をかけつづけたが、反応はなく、むなしく時だけが過ぎていった。

五つ（午前八時）前、小川笙船が往診に訪れてくれたが、しばらく脈を診ていた笙船は、やがて平蔵をかえりみて、無言のままゆっくりと顔を横にふってみせた。

幽冥の境をさまよいつづけていた篠に反応が現れたのは、およそ四半刻ほど前であった。

高熱にうなされ、息づかいも途切れがちだった篠は、かすかに双眸を見ひらいて、瞬きもせず、ひたと平蔵を見つめつづけていたが、やがて、そのまま眠るようにひっそりと目を閉じた。

病床の裾にいたお勝が、身をふたつに折って声を殺して泣き伏した。

父の吉村嘉平治は両手で膝頭をつかみしめたまま双眸を閉じて沈黙し、唇を嚙みしめていた。

三

篠と、死産したややの埋葬もすませ、二十一日が過ぎた。

篠の亡骸は死産した赤子とともに神谷家の菩提寺に葬り、僧侶への挨拶や礼金なども嫂の幾乃にまかせっきりだった。

平蔵は人の命は一期一会だと思っているから、法要とは無縁の男だが、義父の気持ちを忖度し、篠の位牌は神谷家の菩提寺にあずけて、金十両を添え永代供養をしてもらうことにした。

万事がおわったあと、平蔵が幾乃への礼に顔を出したとき、丁度、出仕前だったらしく忠利は麻裃に袴をつけた正装のままで会ってくれた。

「篠を永代供養にしてもらったそうだな」

「は、それがしは生来が仏事とは無縁の男でございますゆえ」

「ふうむ……ま、おまえに世間並みのしきたりを説いてもはじまらぬようじゃ」

「…………」

「篠は極楽とんぼのおまえの手綱をしめるにはうってつけのよい嫁だと思うていたが、おまえは縫といい、波津といい、篠といい、よくよく連れ合いには運のない男だの」

　これには平蔵も返す言葉がない。

　兄のいうとおり、よくよく妻には縁がない男だと自覚している。

「とはいえ、おまえもまだ老け込む年でもなし、そのうちまた、よい連れ合いに巡り合わんでもなかろう」

　忠利は一応、兄らしい言葉をかけてくれたものの、腰をあげながらいつものように尊大な口ぶりできめつけた。

「町方では葬儀のあと吉原や深川あたりの遊所にいって精進落としをするそうだが、あまり感心したことではないぞ」

「は、そのようなことは毛頭考えてはおりませぬが」

「うむ。ならばよいが、おまえは若いころからおなごには手が早かったゆえ、おなごの調達には手馴れていようからの」

忠利は苦虫を嚙みつぶしたように口をへの字にひんまげた。

——米や味噌じゃあるまいし、おなごの調達とはなんだ……。

一瞬、むかっとしたが、大身旗本の忠利にとっては妻も側女も飼い殺しの家人のような存在なのだろう。

いまさら臍を曲げても始まらないと聞き流すことにした。

「ま、おまえもまだまだくすぶる年でもなし、ほどほどにおなごと睦みあうのを咎めはせぬ。ただし、下手に家名を汚すようなおなごに手出しをして神谷家に泥を塗るようなことだけは許さぬぞ」

——家名を汚すようなおなごとはなんだ……。

むろん、平蔵は神谷の家を出て町家暮らしをするようになってから、まるきり女っ気なしだったとはいわない。

磐根藩の次席家老・柴山外記の娘の希和や、井筒屋の後家のお品や、公儀隠密の女忍・おもんとも交情をもったこともあるが、いずれも人倫にもとるものではなかった。

はじめて妻にしてもいいと思った縫も、次いで娶るつもりでいた文乃も、ともに故郷の磐根藩に帰藩してしまった。

縫は磐根藩の世子の育ての親として、また文乃は磐根藩士の跡目を継ぐため、そして平蔵にとっては初婚だった波津は岳崗藩でも由緒のある九十九郷の名門として知られた曲家を継ぐためだった。

いずれも家系の存続のための別離だった。

平蔵の義父は磐根藩の藩医でもあり、平蔵も若いころは磐根藩にいた恩義もあって文乃の帰藩を止めることはできなかった。

また波津の生家である曲家に世話になり、波津の父の曲官兵衛からは秘太刀「風花ノ剣」を伝授されたこともあって、官兵衛が病いに臥し、その看病と曲家を絶やさぬためには波津の帰郷を認めるしかなかったのである。

しかし、縫も、文乃も、波津も、また篠も忠利のいうような、おなごの調達というような冷めたかかわりではなかった。

篠も、生家は直参とはいえ、身分は足軽に毛が生えたような最下級の御家人で、吹けば飛ぶような軽輩である。

それに篠には家を継ぐべき男兄弟も何人かいる。また篠も神谷の血筋の存続などということは口にしたことさえなかった。

そもそも、篠が身籠もったときも、平蔵は神谷の血筋などという意識はまるでなかったが、どうやら篠のほうは腹の子は譜代旗本・神谷家の血筋を引くものという牢固とした武家特有の規矩に縛られていたようだ。

そのためには、我が身に代えても赤子を産み落としたいと念願していたらしい。

最初に流産しかけたとき、小川笙船も無理して産まぬほうがよいのではないかと首をかしげていたが、篠がどうしても産みたいと言い張ったのである。

そのため平蔵も折れて、ひとり暮らしになるのを甘んじて受け、篠を生家に託したのだ。

それほどまでにしてでも篠が子を産みたいと願ったのは、どうやら兄の忠利と嫂の幾乃の請託があったからにちがいない。

「おまえは神谷の家を出た身とはいえ、三河以来連綿とつづいておる譜代旗本の血筋を引いておることに変わりはない」

兄はぐいと胸をそらし、例によって頭ごなしの訓戒を口にした。

「よいな、平蔵。たとえ市井に身をおこうとも神谷の家名を汚さぬよう心がけるようにいたせ。あいわかったな」

――ちっ……。

兄の忠利は二言目には神谷の家名がどうのこうのと口にするが、平蔵は神谷の家を出て町医者になった身である。

義父の跡を継いで磐根藩の藩医として生きる道もあった。

しかし、夕斎が藩の政争にまきこまれて非業の死を遂げたことを思うと、藩医よりも一介の町医者のほうが平蔵の気性には向いていた。

生来、糸の切れた凧のようだといわれていた平蔵は、幼いころから自由奔放な気性だった。

次男とはいえ大身旗本の息子に生まれた平蔵には、養子の口はいくらでもあった。

しかし平蔵は熨斗目のきいた麻裃を着て出仕し、先祖伝来の食禄を守るのが務めのような武家の養子に出るのは、真っ平御免の気性だった。

だからこそ、生家を出て医者をしていた叔父夕斎の養子となったのである。

そして夕斎が亡きあとも、江戸の市井に身をおいて町医者として生きる道をえらんだのである。

以来、平蔵は譜代旗本である神谷家とはかかわりもない一市民として日々を過ごしてきたのだ。

嫂の幾乃にひとかたならぬ世話になったことはたしかだが、兄にはこれといって、たいした無心をしたこともなければ、迷惑をかけた覚えもない。

むしろ、兄だと思えばこそ忠利の身に火の粉がふりかかりかけたときは、命を賭して危難の渦中に飛びこんでいったことも幾たびとなくあった。

——おれがどんな女とかかわろうが、兄にとやかくいわれる筋合いはない。

——そもそも血筋がどれほどのものだ……。

平蔵の胸中には鬱勃たる怒りと反骨が渦を巻いてふくれあがった。

「兄上……」

平蔵はぐいと頭をあげて、昂然と忠利を見返した。

「お言葉を返すようですが、それがし、これまで一度たりと神谷の名を汚すようなことをした覚えもなければ、おなごに泣きをみせた覚えもございませんぞ」

「なんだと……」

忠利は眉間に皺をよせたが、平蔵はためらうことなく言い放った。

「そもそも、それがしは神谷の家を出て、亡き叔父上、神谷夕斎の跡目を継いだ身にござる。しかも、それがしはあくまでも医師、神谷夕斎の養子となった身ですぞ。いうなれば神谷の家を離れた身にござる」

ぐいと顔を起こした。

「一介の町医者となった身にござれば、どう生きようとそれがしの勝手気儘、どんなおなごとかかわろうと、これまた、それがしの勝手にござる」

「なにぃ！」

忠利の顔が怒りで紅潮したが、平蔵は怯むことなく言い放った。

「なれば、この先、裏長屋の陋屋に朽ち果てようとも、また、野末に屍を晒すことになろうとも覚悟のうえのことゆえ、それがしのことは向後一切ご放念くださるよう。このこと、しかともうしあげておきまする」

そういうと平蔵は決然と座を立って、さっさと広間を後にして廊下に出た。

玄関に向かうと、嫂の幾乃があとを追って式台まで見送りに出てきてくれた。

「平蔵……」

「これは、嫂上……」

平蔵はふかぶかと頭をさげた。

「つい臍曲がりの気性から兄上に盾突いてしまい、もうしわけございませぬ」

「なんの、そなたが腹をたてた気持ちはよくわかります。ここは柳に風で受け流してやってください」

「は……いや、兄者との諍いは子供のころからの日常茶飯事ゆえ、嫂上がご心配なさるほどのことではありませぬ」

「そうかえ……ならば、よいが」

「とは申せ、それがしが幼いころより嫂上から賜(たまわ)った恩情は肝(きも)に銘(めい)じておりまする。万が一、嫂上の身に何か心配事が生じたときは、この平蔵、いつにても馳(は)せ参じまする」

　幾乃はかすかにうなずいた。

「わたくしも、日頃から、そなたは実の弟と思うておりまするゆえ、ときおりは元気な顔を見せてくだされや」

「かしこまりました。嫂上も何卒(なにとぞ)、ご健勝でお過ごしください」

　平蔵は、もう一度、腰を折って一礼してから神谷家の門に向かって足を運んだ。門脇に甥(おい)の忠之(ただゆき)が新妻の織絵(おりえ)とともにひっそりと佇(たたず)んでいた。

　織絵は身籠もって四ヶ月になると聞いている。

「叔父上……」

　忠之が歩み寄り、ひたと平蔵を見つめた。

「わかっている。おれがことは気にするな。織絵どのをいたわってやれよ」

「叔父さま……」

織絵が縋りつくような眼差しを向けた。

「うむ。そなたなら、きっと丈夫で、賢いややに恵まれよう。嫂上と忠之のこと、くれぐれも頼んだぞ」

そういうと、平蔵はまっすぐに神谷家の厳めしい長屋門に向かって歩き出した。

四

駿河台の生家を辞した平蔵は浅草誓願寺門前の我が家にもどると、その足で近くの田原町にある「おかめ湯」に向かった。

「おかめ湯」の主人の由紀は二十五歳の女盛りだが、女手ひとつで田原町三丁目の角で湯屋を営んでいる。

由紀の父親は高槻藩の勘定方の藩士だったそうだが、藩内の政争に巻き込まれて浪人することになったと聞いている。

両親と三人で浅草三間町の長屋で暮らしていたが、父親が算盤や帳付けに手馴れていたことから船宿の帳場をまかされるようになって、暮らしに困ることはなくなったらしい。

母親は由紀が十四のとき病いで亡くなったが、幼いころから母の手伝いをしていた由紀は家事万端をまめまめしくこなし、父との二人暮らしになっても少しも寂しいとは思わなかったという。

夜になって、食後、父から行灯の火影で読み書きや算盤を教わるのが何よりの楽しみだったと由紀はいう。

十五、六になると由紀はめきめきと女らしくなってきて、長屋の江戸小町と評判の娘になった。

江戸小町というのは、ただ顔立ちがいいだけではなく、身ごなしに小意気なところがあって、身綺麗でしゃきっとしている娘だということである。

由紀は年頃になっても化粧はせず、髪結いにもいかずに一人で髪を結い、買い物も台所もこなし、九尺二間の狭い部屋でも毎日掃除をかかさなかった。

化粧はしなくても肌理が滑らかで色白だったが、つましい所帯では髪結いの代金も切りつめたかったのだろう。

女の髪結いは一回が百文で、男の髪結い床のように店はもたず、きまった得意先を日々まわって好みの髪形に結いあげる。

長屋の女は廻り髪結いの女から芝居役者の噂を仕入れては井戸端の話のタネに

したり、日常の買い物の値踏みや、新しく越してきた人間の品定めをするのを楽しみにしていた。

しかし、父はともかく家にいる由紀は家事に忙しく、十五のときから所帯のやりくりをまかされていた。

由紀は百文の髪結い代がもったいないこともあったが、母から見苦しくない髪形を結うことを教えられていた。

由紀は自分であれこれと工夫して髪を結うことにしたという。

また、着物は母の古着を自分の着丈にあわせて縫い直し、帯も母の地味な色柄で間にあわせていた。

いくら長屋住まいでも、年頃にしては地味な身なりの娘だったにちがいない。

それでも嫁に欲しいという話はちょくちょくあったらしいが、由紀は耳を貸さなかったという。

十八になったとき「おかめ湯」の主人から、父が勤めている船宿の主人を介して由紀を嫁に欲しいともうしこまれた。

「おかめ湯」は四代もつづいている老舗（しにせ）の湯屋で、身代もしっかりしているし、縁談もいくらもあったらしいが、どうしても由紀を見込んで嫁に欲しいという。

由紀が嫁(ゆ)き遅れになってしまうことを案じていた父も、相手の男が優しい人柄で気にいったらしい。

由紀は父を一人残して嫁きたくはないと一旦は断ったが、父は船宿で身柄を引き取って一生面倒をみてくれるというし、「おかめ湯」でも父の暮らしのことは心配しないでいいだけのことはするといってくれた。

ところがその父が他界して、ようやく由紀は十九になってから「おかめ湯」の主人に嫁(とつ)ぐ決心をしたのである。

夫は七つも年上だったが気持ちの優しい男で、由紀はようやく人並みの幸せを得たような気がしていた。

だが、その幸せも束の間、夫は婚した翌年の冬、風邪をこじらせ呆気(あっけ)なく亡くなってしまった。

わずか一年の儚(はかな)い幸せだった。

二十の女盛りで由紀は寡婦(かふ)の身となった。

とはいえ「おかめ湯」には多くの常連客がいる。

職人や行商人などは、日に二度も三度も汗を流しにくる。

「おかめ湯」は由紀でもっているともいわれていたから、店じまいをするわけにはいかなかった。

由紀は一人で「おかめ湯」を営むことにしたのである。

婿取りの話はひっきりなしにあったが、由紀は耳を貸そうともしなかった。

由紀は痛風で、しばらく平蔵の診療所に治療に通っていた。

そのころ、篠を生家に預けてひとり暮らしをしながら患者の診療にあたっていた平蔵は、家に風呂はあったものの一人で焚きつけるのも面倒で、もっぱら「おかめ湯」を愛用していた。

「おかめ湯」の代金は大人で十五文だが、平蔵は「羽書」という一ヶ月通用の入浴切手を求めておいた。

汗っかきの職人は日に何度も入りにくるため、ほとんどが羽書を持っている。

由紀はひとり暮らしをしている平蔵を見かねてか、ときおり湯屋の仕事の合間に訪れては掃除や洗濯をしてくれるようになった。

それから間もなくして、平蔵のもとに真柄源之丞という無外流の剣士から果たし状が届いた。

真柄源之丞は剣鬼ともいえる強敵で、しかも、真柄源之丞には石丸孫助という居合いの遣い手が同行してくる。

石丸孫助は平蔵の剣友、小鹿小平太に遺恨があってのことだった。

剣士でもある平蔵は避けるわけにはいかなかったが、真柄源之丞は水無月藩でも右に出る者はいない屈指の遣い手だった。

しかも、武芸精進のため諸国を行脚してきたというだけに癖のある難剣を遣う。

表向きは二対二の果たし合いだったが、小鹿小平太が石丸孫助に斃されたときは、平蔵は二人の強敵を相手にすることになる。

その朝、平蔵が真新しい白い肌着を着替える支度を由紀が調えてくれた。

そんな由紀を見ているうちに平蔵の体内にしばらく眠っていた獣の雄としての猛々しい欲望がめざめた。

ひたむきに抱きよせた平蔵の求めを、由紀はさして抗うこともなく受け容れた。

「わたくしは何も望みませぬ。ただ、ご無事のみを祈っております」

血の気の失せた白い顔をして、しぼりだすような声で送りだした由紀を残して、平蔵は果たし合いに臨んだ。

ようやく、真柄源之丞を討ち果たしたものの、平蔵も数箇所の刀傷を負った。

そして、平蔵が手疵を負った重い足取りで帰宅してみると、由紀が暗い部屋で待っていてくれたのである。

平蔵が土間に足を踏み入れると、由紀は足袋のままで土間に駆け下りてくるなり縋りついてきた。

何ひとつ望もうとしない女の愛おしさほど男のこころを揺さぶるものはない。

そのとき、平蔵はなんともいえないこころの安らぎを感じたことを今でもありありと覚えている。

由紀は顔色ひとつ変えることもなく甲斐甲斐しく傷口を焼酎で丹念に洗ったあと、刀傷に効く軟膏を塗った布を油紙で覆い、包帯を巻いてくれた。

しかも、その夜は一睡もせず、平蔵のそばに付き添っていてくれた。

夜半、傷の発熱の悪寒でうなされ寝つけぬ平蔵に、由紀は肌襦袢も脱ぎ捨て、裸身のまま夜明けまで添い寝してくれた。

三日後に小川笙船が往診してくれたが、由紀の適切な手当てがなかったら破傷風になって一命も危なかっただろうと告げられた。

――もし、この先、由紀の身に万一のことがあれば命を賭しても守らねばならぬ……。

そのとき、平蔵は心中でひそかにそう誓った。

五

平蔵が討ち果たした真柄源之丞は、梵天丸と名乗って、押し込みを働いたが、その際、おひさという夜鷹を手にかけていた。非業の死を遂げたそのおひさには、太一という五つの子がいた。

おひさを憐れんだ平蔵は、その子を引き取ることにした。とはいえ医者をしながら幼い子の世話をするのはむつかしい。

さいわい太一が由紀によくなついていることもあって、由紀が［おかめ湯］に引き取って育てるといってくれた。

［おかめ湯］には女中も何人かいるし、みんなで太一の面倒をよくみてくれる。

太一は賢い子で、由紀が通わせてくれている寺子屋でも読み書き算盤もこなし、仲のいい友達もできているという。

由紀はゆくゆくは自分の子にし、［おかめ湯］の跡継ぎにするつもりだという。

由紀は女にはめずらしく、傍目がどう見ようと、どう思われようと気にしない性格のようだった。

そのあたりが平蔵の気性と似ているのかも知れない。

どうやら、人の縁（えにし）というのは堅苦しい家系や血縁などかかわりなく育（はぐく）まれるもののようだ。

田原町の職人たちは「おかめ湯」で朝湯を使い、夕方も仕事の帰りにひとっ風呂浴びるのを楽しみにしている。

力仕事をする職人などは日に何度も通ってくるし、水商売の女も「おかめ湯」で湯に浸かったあと髪結いにいってから店に出る。

湯屋の営業は、朝の五つ（八時）から宵（よい）の五つ（八時）までときまっていて、風の強い日だけは火事の火元にならぬよう休むことになっているが、大晦日（おおみそか）も正月も休まず暖簾（のれん）をかける。

釜場で薪（まき）を割っては釜の火を絶やさぬようにしたり、天秤棒（てんびんぼう）で水を運んでくる男衆（おとこし）のなかには何十年も働いている者もいるし、賄（まかな）いや、脱衣場で何年も働いている女中もいれば下足番の年寄りもいる。

それらの人の暮らしは由紀の双肩にかかっているようなものだった。

また平蔵の診療所も、蛇骨長屋に住んでいる住人をはじめ近隣の人びとにとってはツケでも手抜きせずに診療してくれ、薬代も安いことから、頼りになる存在になっている。

平蔵は二度と妻を娶るつもりはなかったが、由紀もまた「おかめ湯」を見捨てるわけにはいかなかった。

由紀が通い妻のように平蔵のもとにやってくることを知っていても、近所の人びとはだれひとり陰口をきく者はいなかった。

いわば二人の仲はだれしもが認めていることでもあった。

由紀は一人暮らしをしている平蔵の褌（ふんどし）や肌着をこともなげに洗濯し、食事の支度もしてくれる。

平蔵と臥所（ふしど）をともにし、早朝、朝帰りすることもあるが、近所の人目を気にするようすなど微塵（みじん）もなかった。

人は人、自分は自分という気構えを崩さない、由紀のそういうところに平蔵は、おのれの生き方に通じるものを感じている。

六

平蔵がひさしぶりに「おかめ湯」の終い湯にゆっくりと浸かっていると、由紀が赤い紐で襷がけし、甲斐甲斐しく裾からげして洗い場にはいってきた。

ほかにも何人か客がいたせいもあって、由紀はよけいなことは口にせず、ヘチマを手にして平蔵の背中を丹念に洗ってくれた。

駿河台の屋敷にも広い風呂はあったが、「おかめ湯」のようなくつろいだ気分にはなれなかった。

湯上がりに水を何杯も浴びると、身もこころも生き返ったようなしゃっきりした気分になった。

すでに暖簾をおろした「おかめ湯」を出た平蔵が、目と鼻の自宅にもどって濡れ縁に腰をおろし、寝間着姿のままで夜空の半月を眺めながら冷や酒を飲んでいると、間もなく由紀が訪れてきた。

由紀は以前から束ねた髪をうなじのあたりで元結いで結び、ふたつに縒りあわせて折り戻し、櫛と簪で止めた髪形にしていた。

湯屋はどうしても湯気がこもるので、髷を結うと頭が重くなるからだそうだが、撫で肩の由紀にはよく似合っていた。

由紀は濡れ縁にいた平蔵のかたわらにそっと正座した。

黒々とした双眸は一重瞼で、目尻がすこし切れあがっている。

由紀は頬や肩にも無駄な肉がなく、すっきりした細面（ほそおもて）だが、正座した腿には女盛りを思わせる厚みがあった。

藍地に松皮菱（まつかわびし）を染め抜いた単衣（ひとえ）に黒繻子（くろしゅす）の帯が、色白の由紀によく似合っている。

「いいか、悔やみなら無用だぞ……」

平蔵は躰をよじると、ゆっくりと由紀のほうを振り向いて釘（くぎ）をさした。

「おれは抹香臭（まっこうくさ）いことは苦手な性分だ。人と人との縁も一期一会と思うているゆえ、見てのとおり、仏壇や位牌も置いておらぬ」

ちいさな花瓶（かびん）と刀架けがおいてあるだけの殺風景な床の間を目でしゃくって苦笑した。

「そもそも、おれがごとき糸の切れた凧のような男はせいぜい生きても、たかだか、あと五年か十年だろうからな」

由紀は首をすこしかしげたまま、黙って聞いていた。

「そんなおれが、つい若気のいたりから、これまで二度も妻を娶ったが、二人とも幸せにはしてやれなんだ」

由紀は団扇（うちわ）で平蔵に風を送りながら、よけいな口は挟まなかった。

「その前にも、おれは二人のおなごを妻にしてもよいと思って契ったが、二人とも一年とたたぬうちに余儀ない武家のしがらみから抜けきれず、おれから去っていった」

平蔵は口辺にホロ苦い笑みをうかべながら由紀を見つめた。

「いずれにせよ、どうやら、おれはおなごを幸せにしてやれぬ定めの男らしいの」

「そうでしょうか……」

由紀はすこし小首をかしげてほほえんだ。

「おなごの幸せはひとくくりに、こうでなくてはならぬものというものではありませぬし、また嫁いだおひとと生涯連れ添うことだけが、おなごの幸せとは思いませぬ」

「ほう……」

おなごらしからぬことをいうと思いながら、酒を口に運びつつ由紀を見つめた。

由紀は淡々とした表情でつづけた。

「世の中のおなごのおおかたは、自分の気持ちとはかかわりなく、まわりがすすめるおひとに嫁いで一生を過ごしております。ひそかに思いを寄せていたおひととは言葉ひとつかわしたこともなく……」

由紀はふっと平蔵の肩越しに、裏庭の闇に深沈とした眼差しを向けた。

「でも、わたくしはお慕いしているおひとと、たとえわずかのあいだでも過ごすことができたおなごは、それだけで充分に幸せなのではないかと思います」

由紀はふかぶかとうなずいてみせた。

「おそらく、これまで平蔵さまのもとから去られたおひとも、きっとそうにちがいありませんわ」

そういうと由紀は、きっぱりとした眼差しを平蔵に戻して言い継いだ。

「それに、わたくしには「おかめ湯」で昔から働いてくれている釜焚きの六兵衛さんや為吉もおりますし、水仕事に掃除や洗濯、賄いをしてくれている女中のお寅さんや、お菊さん、お辰さんたちのほかにも下足番と垢すりをしてくれている松造さんなど、先代から変わりなく働いてくれている者もおりますゆえ、湯屋の暖簾をおろそうなどと考えたことは微塵もございませぬ」

由紀はきっぱりと言い切って、ひたと平蔵に目を向けた。

「平蔵さまには、お医者さまというお仕事がおありですし、わたくしには「おかめ湯」を守りぬく定めがございます」

由紀はそういうとほほえんでみせた。

「わたくしは、こうして束の間でも平蔵さまにお会いできるだけで、充分に幸せでございますもの」

由紀はすこし躰を前にかたむけたまま、食いいるような眼差しを平蔵にそそいだ。

由紀のひたむきな平蔵への思慕の情が、ひしひしと伝わってきた。

平蔵がこれまで出会った女は、いずれも平蔵のほうからもとめた女ばかりである。

由紀のように、これほど一途に恋慕の情を吐露した女はこれまで、ついぞ一人もいなかった。

しかも、由紀の双眸には微塵のためらいも迷いもない。

「おれはこれまで気随気儘に生きてきた男だ。そなたは、おれには医者という仕事があるともうしたが、実のところ医者は食わんがためのものでな。おれという男は生得、剣から離れられん定めの男らしい」

平蔵はホロ苦い目になると、まっすぐに由紀を見つめて問いかけた。

「おれは、いつ、どこの野面で果てるともわからぬ男だが、それでもよいのか」

「おなごにも、おなごの一期一会がございます。平蔵さまは、わたくしがこうときめたお方ですもの、なさりたいようになさってくださいまし、平蔵さまがどこで何をなさろうとかまいませぬ」

「うむ……」

「平蔵さまが、たとえ、ほかのおなごと臥所をともになされようとも悋気めいたことはもうしませんわ」

「それはどうかの。俗にも悋気せぬおなごは味気がないともうすぞ」

由紀はくすっと忍び笑いした。

「でも、父は殿方の浮気は立ち小便のようなものだともうしておりましたもの」

澄ました顔で下世話なことを口にし、由紀は「あら、はしたないことを……」と頰を染めて羞じらった。

「ふうむ、そなたの父御はたいした器量人だったようだな。嫁入り前の娘にそんなことを口になさるとは……」

平蔵はおおきくうなずいた。

「おれが糸の切れた凧のようなものといわれておったのは子供のころからでな。風の吹くまま、気の向くまま、どこに飛んでゆくかわからぬところがある」

「………」

「ただ、おなごを泣かすようなことはしなかったと思うが……これも、あてにはならぬ。なにせ、おれは立ち小便は得意の口ゆえな」

「もう、そのことはおっしゃらないでくださいまし……」

由紀は身をよじって羞じらうと、黒々とした双眸を見ひらき、膝をおしすすめて平蔵の顔をすくいあげるように見あげた。

「ただ、わたくしの平蔵さまをお慕いする気持ちは何があろうとゆるぎませぬ。たとえ、お別れの日がまいりましょうとも、とりみだすようなことはいたしませぬ」

そういうと由紀はかすかに首をかしげてほほえんだ。

「それに、もしかしたら、わたくしのほうが、平蔵さまより先にあの世とやらにまいることになるかも知れませんもの。……そうではございませんか」

「まぁ、な……」

平蔵、思わず苦笑した。

由紀は早くに両親と死別し、嫁いだ夫とも死に別れ、ひとりで生きてきた女である。

人の定めのはかなさを人一倍味わってきたのだろう。

それは平蔵の死生観と相通じるもののようだった。

七

平蔵はしばらく由紀を見つめていたが、やがてゆっくりと腕をのばした。

「そなたのいうとおりだ。この世は生きてあるもののためにあるものよ」

のばした腕で由紀の躰をすくいあげると、あぐらのなかに抱きとった。

ひたと見返した由紀の顎に手をかけると唇を強く吸いつけた。

由紀も白い二の腕をのばして平蔵の首に巻きつけ、懸命に口を吸いつけてきた。

歯と歯がぶつかり、舌と舌がからみあった。

女体の温もりが着衣を透して伝わり、平蔵の血を滾らせた。

抱きしめて唇を吸いつけると、由紀は平蔵のうなじに腕を巻きしめ、ひしと縋りついてきた。息づかいが乱れ、躰が弓なりにしなった。

右手を襟前にさしいれると、しばらく触れていなかった由紀のつややかな肌身の記憶が呼び覚まされた。

由紀を横抱きにかかえると、着衣の裾が割れて白い足が勢いよく跳ねだし、淡い行灯の火影に泳ぎだした。

平蔵は口を吸いつけたまま、由紀の腰をすくいあげ、奥の寝間に運んだ。

開け放った裏庭から流れこんでくる夜風が涼やかに肌を嬲って、行灯の灯りが風にゆらいだ。

白い喉をそらせて、全身のちからを抜いている由紀を夜具のうえに仰向けに寝かせた。

由紀はひたむきに平蔵を見あげたまま、左手を平蔵のうなじに巻きつけ、口を吸いつけたまま裾の乱れもかまわず、右腕をのばし、束ねた髪にさした櫛を抜きとると、せわしなく帯紐を解いていった。

解いた帯紐をかたわらに投げ捨てた由紀は、白い二の腕をむきだしにしたまま左の腕を平蔵のうなじに巻きつけ、右の腕を折り曲げて背中に手首をまわし、太鼓に結んであった帯を解きはなった。

帯が解けて締めつけられていた胸前が一気にゆるみ、黒い繻子の帯がするすると畳に滑り落ちていった。

ゆるんだ襟ぐりから手をさしいれると、ふっくりとした乳房が掌に吸いついてきた。

由紀が肌着の紐をはずすと、行灯の灯りのなかに双つの乳房があらわになった。子を産んだことのない由紀の乳房はさほどおおきくはないが、すこしのゆるみもなく誇らしげに盛りあがっている。

そのふくらみを愛撫しつつ、手をのばして緋色の湯文字を腰からはずし、滑らかに起伏する腹をなぞった。

枕行灯を引き寄せ灯心の火を吹き消すと、仄かに白い女体の起伏が薄闇のなかに息づいていた。

その、滑らかな起伏が窄まる狭間に手をのばし、柔らかな茂みをなぞると、由紀はかすかな吐息をもらし、びくりと鋭く躰を震わせた。

それは由紀の女体が、やがて訪れる歓びのときを待ち望んでいた証しでもあった。

人間五十年というが、これまで剣士として数えきれぬ修羅場をくぐりぬけ、数えきれぬほど人を葬ってきた平蔵に平穏無事な日々がつづくとは到底思えない。

——せいぜいが生きたところで、あと何年か……。

この魅惑にみちた女体を愛おしむことができるのも、そう長くはないだろう。

そう思うと、なんともいえぬ哀憐の情がこみあげてきた。

もはや、二人のあいだに言葉はいらなかった。

深沈と更けてゆく暗い深夜のしじまのなかで、行灯の淡い灯がかすかにゆらいだ。

第三章　女ひでりの街

一

またたく間に月日が過ぎて、夏も過ぎ去ろうとしている。

南側にある東本願寺の境内に聳える銀杏の葉が色づくのも間もなくだろう。

東側には傳法院の門内にある樹齢百年を超える杉の老樹が青空に向かって屹立しているのが見える。

北側には田島山誓願寺の土塀沿いの鬱蒼たる松林が、常緑の葉陰で暑い陽射しを遮ってくれていた。

神谷平蔵が住まう平屋は、その誓願寺の門前、東本願寺の裏手にある。

この家の持ち主は篠山検校という金貸しで、柳島村に広大な屋敷をもっている。

篠山検校はすかんぴんの按摩から身を起こし、俗に座頭金と呼ばれる金貸しで稼いだ金を朝廷に献じて検校の座を手にいれた苦労人でもある。むろん、いまでも金繰りに困った大名や大商人に大金を融通して金利を稼いでいる。

そのかたわら、亭主に捨てられ夜鷹をしながら子を育てている女や、身寄りのない年寄りなどを屋敷内の長屋に引き取り、面倒をみるという善根を施している。

平蔵の剣友の一人でもある笹倉新八を用人兼任の用心棒として雇っていて、平蔵が火事で千駄木の借家を焼け出されたとき、この一軒家をタダで貸してくれることになったのだ。

先年、鬼火の吉兵衛という大盗の一味が篠山検校の屋敷を襲うことを知った平蔵が、尾張柳生流の剣士でもある柘植杏平、それに起倒流の柔術の達人・峪田弥平治らとともに待ち伏せして一網打尽にしたことを恩に着て、住まいを提供してくれたものだ。

表通りに出ると、傳法院裏に浅草の掃きだめのような蛇骨長屋が軒を連ねている。

住人のおおかたが一人者だが、なかには夫婦者もいる。

蛇骨長屋はほとんどが九尺二間の棟割長屋で、家賃は月に五百文だった。

江戸の町人の仕事は千差万別で、行灯に使う灯油売り、古い鍋釜の修理をする鋳掛屋、担ぎの鰯売りや団扇売りに絵双紙売り、女髪結いに鏡磨きの職人もいれば、担ぎの貸本屋などもいる。

絵双紙売りは地方から来た人びとのための江戸市街案内図を売るかたわら、絵双紙も手がける。

絵双紙は色事をタネにした艶物などの読み本で一冊八文から十六文だが、ほかにも美人の婀娜っぽい姿を描いた浮世絵は三十二文で、買い手は一人者の男のことが多い。

もっとも儲けがおおきいのはご禁制の枕絵で、男女の秘め事をあらわに描いた春画だが、これは下手をすると描いた絵師も、版元も手鎖百日の刑になりかねない。

しかし、儲けも桁違いにおおきいし、人体の細部を描いてみたいという絵師の願望もあり、描き手にはことかかなかった。

名高い浮世絵師で春画を描いたことがない絵師は数えるほどしかいない。

平蔵が知っている雪英という女絵師も枕絵を描いて暮らしをささえている。

公儀の定めというのは役人が頭で考えたもので、人びとの暮らし向きにはかかわりがないものだった。

人は欲が衣をつけた生き物にほかならないものである。

そのなかで、もっとも始末に悪いものが権力欲と名誉欲と物欲であるが、おおかたの人は食欲と性欲さえ満たされれば幸せなのだということを役人たちは考えもしない。

二

蛇骨長屋の住人には紙屑買いや肥取り屋、木っ端売り、賃粉切りなどという江戸ならではのめずらしい商いをするものもいる。

紙は貴重品で寺子屋で習字に使って真っ黒になった紙でも紙漉きが漉き返して、便所の落とし紙に再生されるため、紙屑買いという商いで食っていけるのである。

木っ端売りは竈や囲炉裏の火付けに使う鋸屑や鉋屑を売り歩く商売で、賃粉切りというのは葉莨の箱を担い売りし、煙管用に刻んで売り歩く商いである。

ほかにも竈の灰を買っては百姓に肥やしとして売る者もいるし、錆びた包丁や蓋のなくなった鉄瓶、底が抜けた釜を安値で買い集めて鉄屋に売る「とっかえべえ」なる珍商売で暮らしている者もいた。

働く気さえあれば仕事はいくらでもあるのが江戸という街である。

それでも月のうち半分も稼げばなんとかならぁなと、すぐに遊びに気が向くのも江戸っ子気質（かたぎ）の始末に悪いところだった。

そういう平蔵自身も、お世辞にも勤勉とはいえない口である。

平蔵のところにくる患者の大半は蛇骨長屋の住人で金払いが悪く、すぐツケにしてしまい、なかなか払おうとしない。

だからといって診察しないわけにはいかないし、治療して薬が必要な患者にはそれなりに投薬しなければならない。

親友の矢部伝八郎などは、医者はやらずぼったくりでたんまり儲かっておるだろうなどとほざくが、そんな医者は駕籠（かご）に乗って往診する「乗物医者」ぐらいのものだ。

乗物医者は診療代と治療代のほかに二両二分の駕籠代を平気でふんだくる、やらずぼったくりの口だろう。

もっと上は将軍家の脈をとる御典医（ごてんい）というのがおり、大名や大金持ちが懇望（こんもう）すれば内々で往診することもあるらしいが、おそらく桁外れの大金を積むにちがいない。

いっぽう、平蔵のような町医者は歩いて往診するので徒医者（かちいしゃ）と呼ばれている。

町医者のおおかたは徒医者だが、それでも治療費だけで二分、薬代は一服につき銀二分が相場で、ほかに往診料もかかる。

月の稼ぎが四両から五両がそこそこという蛇骨長屋の住人たちは、病気になっても医者には滅多にかからない者が大半だった。

しかし、平蔵はからっけつの患者でも診察するし、治療の手も抜かないばかりか、ツケでも安くて、よく効く薬を出してやるので長屋の住人には歓迎されている。

もっとも歓迎されるのはいいが、そのわりには平蔵の暮らしは一向に楽にならないのが現状だった。

小川笙船は貧乏人は無料で診療しているし薬も出している。

そのかたわら、高禄の武家や大商人を得意先にもっていて、「満天飛龍（まんてんひりゅう）」や「鹿茸（ろくじょう）」のような高貴薬も使うが、そのいっぽうで連銭草（れんせんそう）などの薬草を焼酎（しょうちゅう）に漬け込んでいる。

連銭草は疳取草（かんとりそう）ともいわれ、子供の疳の虫に効能があるが、焼酎に漬け込んだものは高貴薬に匹敵（ひってき）するほど強精に効能がある。

平蔵もすすめられて、薬草採りのときに連銭草を見つけては焼酎の壺に漬け込んで秘蔵している。

人は欲が衣をつけた生き物である。

高禄の武家や大商人は、手にいれたいと願うものをほぼ満たしたあとは総じて色欲に走りやすく、そのためには惜しげもなく大金を払うのだろう。

権力への欲や金銭をむさぼる欲には限界があるが、色欲は骨になるまでという。

寿命に先が見えてきても権力や金銭に執着する人間は心魂が賤しいと思う。

しかし、初老を迎えて、おなごの柔らかな肌身を求めたがる者の気持ちは平蔵にもわからなくもない。

色欲は命の源泉だと思っているから、連銭草酒だけは蓄えてある。

ほかにも強壮強精に効能があるといわれている唐渡りの［柴胡加竜骨牡蛎湯］は、かつて弓削道鏡が愛用し、孝謙帝にも献上して寵愛を受けたことで知られている。

――道鏡は人間にてはよもあらじ。

と川柳にも詠まれているが、道鏡と孝謙帝の噂の真否はともかく、これは強精と不感症、老化防止などに効能のある薬で、平蔵などには仕入れることのできない高価なものだ。

ほかにも、蛇を焼いた粉末に牛黄、麝香、熊胆、人参末、金箔を混入した丸薬が「金包大蛇丸」という名で売られている。

小川笙船によると老化現象に効能のある「八味地黄丸」も強壮や回春にきくという。

回春や強壮は富裕な人が欲しがるものだから、そうした唐渡りの高価薬は平蔵は扱わないことにしている。

ただ、病後で衰弱している患者や、跡取りに恵まれない人のために一応、「八味地黄丸」だけは問屋から仕入れてある。

これらの薬は常用してこそ効能が出るものだから、医者の稼ぎもおおきい。

しかし、そういう鴨が葱をしょったような裕福な患者は平蔵のところには一向に現れる気配がなかった。

平蔵の住まう浅草の北側には不夜城と呼ばれている吉原遊郭がある。

噂によると吉原には一夜にして千金の小判が落とされるという。

その日暮らしの人びとが住まう蛇骨長屋と吉原遊郭が皮肉にも目と鼻の先にあるのが浅草という土地柄だった。

いわば浅草界隈は江戸という街の縮図のようなものだった。

三

その日、神谷平蔵の診療所の口開けの患者は蛇骨長屋に住んでいる版木彫り職人の長助という男の女房で、お駒という二十四になる年増だった。

五つになる腕白ざかりの善吉が三日前から熱を出して、咳がとまらないのだという。

「この子、どこかで悪い病いでも貰ってきたんじゃないんでしょうね」

亭主とは派手なとっくみあいの喧嘩をするくせに、一人っ子の善吉が可愛くてしかたがないらしく、腕白坊主の肩を抱き寄せて眉をひそめた。

「どれ、舌を出して、口をおおきくあけてみろ」

水っ洟をたらしているが、喉の奥も赤く腫れているわけではないし、熱もそれほど高くはなかった。

「心配することはないな。ただの夏風邪だ。このところ雨がとんと降らんから大気が乾ききっているせいもある。火鉢に土鍋でもかけて湯気をたててやることだな」

医者の仕事でもっとも大事なことは、どんな患者にも気力をあたえることだと平蔵は確信している。

人間というのは、腕や足をなくしても生き抜くちからをもっている。

逆に気力を失った人間はどんなに治療しても回復するのは難しい。

ことに子供はちょっとした怪我でも死にそうに泣きわめくが、逆に安心させてやるとけろりと元気になるものである。

母親が心配そうにすれば子供はそれだけで不安がつのって、回復が遅れる。

「いいか、いうとおりしていれば、すぐに治るが、いうことをきかんといつまでも遊べなくなるぞ」

「ほんと……」

「ああ、医者は嘘はいわん。安心しろ」

布に湿布の練り薬を塗って善吉の喉に巻きつけ、包帯を巻いてやった。

「咳止めの薬と喉の湿布用の練り薬をだしてやるが、解熱薬は胃をやられるからやめておいたほうがいいな。ただし、熱がさがって咳がとまるまでは外に出ないほうがいいぞ」

「そんなぁ……外で独楽(こま)まわししたり、隠れんぼしたりできないんじゃつまんないよう」

善吉がふくれっつらになった。

「いいか、風邪は万病のもとともいう。侮(あなど)ってはならん。すこしは我慢しろ」

怖い顔をして睨(にら)みつけてやると、途端にしゅんとなった。

「そのかわり水飴(みずあめ)を出してやろう。飴は喉にいいからな」

「ほんと……」

現金なもので、水飴につられて善吉はえびす顔になった。

お駒の亭主の長助には二分と三百文のツケが残っている。

版木彫りの職人は実入りがいいはずだが、長助は酒と博奕(ばくち)に目がない男で、年中ピイピイしていると聞いている。

今度もツケにするのかと思ったら、お駒は亭主のツケと善吉の診察代、投薬代の一分二朱の代金もまとめて綺麗に払った。

どうやら長助の所帯は、女房のお駒でもっているようだ。

お駒は髪結いをしながら「白牡丹(しろぼたん)」とかいう評判の白粉(おしろい)も売って食い扶持(ぶち)を稼ぎだしていると聞いている。

お駒は白牡丹など無用の色白ですらりとした細身だが、肉づきもほどよく、姿のいい女である。

紺地(こんじ)に白い螺子(ねじ)梅(うめ)の単衣(ひとえ)に黄色の帯をきりっと小万(こまん)結びにした姿には、いまが女盛りの色気がみちみちている。

――長助め、ぼやぼやしていると、そのうち女房に愛想づかしされるぞ……。

四

江戸には百万の人が住み暮らしているというが、そのうち男が六十数万人で、女は三十数万人ぐらいのものだ。

江戸は参勤交代で国元に家族をおいてやってくる一人者の武士が多いため、どうしても男の数が多く、女がすくなかった。

しかも武家屋敷に奉公する女もいるから、町家住まいの女の数は男より少ない。

いうなれば江戸は女ひでりの街でもある。

しかも、二十歳(はたち)前後の若い男は稼ぎもすくなく、食っていくのが精一杯の者が多い。

惚(ほ)れ合って夫婦になっても共稼ぎしないと食っていけないが、亭主もちの女を雇ってくれるところは滅多にない。

器量よしの女は茶店で働いたり、女中奉公したりしているうちに裕福な商人に見そめられて妻になる者もいれば、囲い者になってしまったり、悪党や女衒(ぜげん)に目をつけられて遊郭に売られる羽目になる者もいる。

お多福だろうが、鼻ぺちゃだろうが、気立てがよくて家事をちゃんとこなせる女のほうが悪い虫がつかずに幸せになれる。

男のほうも、だれもが女にもてるわけじゃなし、ふくらむところがちゃんとふくらんで、きりきりとよく働く女なら嫁の貰い手には困らないものだ。

江戸には一人者の男があまっているから、三十路(みそじ)過ぎの年増女だろうが、ときには四十過ぎの女でも喜んで女房にする者がいるし、子連れの女でも結構貰い手がある。

長屋住まいの職人や小商人(こあきんど)たちが女房を欲しがるのは、好いた惚れたでくっつきあったというのもあるが、だからといってうまくいくとはかぎらない。

おおかたの男は女と縁が薄いため、閨(ねや)さみしさから、大家や仲間に頼みこんで嫁探しをする者も多い。

器量よしの女は夫婦になったものの、亭主もちの女を雇ってくれるところはすくないから、暮らしの足しには水商売の酌婦になるのが手っ取り早い。

そうなると、今度は亭主のほうが、やれ帰りが遅いだの、化粧が濃くなっただのと焼き餅を妬いて喧嘩になる。

そのうち好いた惚れたもどこへやらで、三下り半という離縁状をつきつけるのはおよそ女のほうだった。

稼ぎが悪いくせに女房に乱暴したり深酒するような男は、女房のほうからさっさと別れてしまう。

出戻りでも嫁の貰い手はいくらでもあったからである。

商家でも妻を離縁するときは持参金を返さなければならないから、親戚に左右される武家とはちがって、江戸の町家では男より女のほうが強い。

男という生き物は腕力こそ強いが、家事は苦手なものである。

大店の商人のように家事のために女中を雇える者はともかく、長屋住まいの夫婦には「かかあ天下」が多かったのは当然のことだ。

お駒の亭主の長助も、職人としての腕はいいし、稼ぎも悪くはないらしいが、酒と博奕に目がなくて、お駒の白粉売りでなんとか食っているようなものだ。

お駒ほどの女なら引く手あまただろうから、いつ長助が三下り半をつきつけられるか知れたものではない。

そのうちガツンと長助を脅しつけてやろうと思いながら、お駒と善吉を帰した。

つぎの患者は左官職人をしている辰造の女房で、お仙という女だった。

豆腐を買いに下駄履きで駆けだしたら鼻緒が切れて、石に蹴つまずいたはずみに右足の親指の生爪をはがしかけたらしい。

びっこを引き引きやってきて、練馬大根のような太くて白い足を投げ出し、せんせい痛いようと、半べそをかいていた。

親指が付け根まで腫れて、爪と肉のあいだに血が滲んでいる。

とりあえず焼酎で傷口を洗い、爪のあいだに油で練った化膿止めの薬をつけて包帯を巻いてやった。

「当分は風呂に入るときは右足を湯舟の縁にかけたまま入るんだぞ」

「え……そいじゃひっくりかえっちまうじゃないですか」

「バカ。両手を湯舟の底につっぱってれば、ひっくりかえらんだろう」

「こうですかぁ……」

お仙が座ったまま右足を上に向けた途端に着物の裾がまくれあがり、股倉の付け根まで丸出しにしてドタンと仰向けにひっくりかえってしまった。

「いやだ、もう！……無理、無理。無理ですよう」

お仙はぽっちゃりした丸顔で、愛嬌のある顔立ちをしているが、なにせ無類の甘い物好きのためだろう。腰のくびれもないほど肥えている。

「だったら風呂は当分あきらめて、行水でも使って我慢するんだな」

「そんなぁ、人一倍汗っかきなのに盥で行水だなんて殺生ですよ」

「そうはいうがな。おまえは腰と尻に肉がつきすぎておる。甘いものを控えんとそのうち女相撲みたいになってしまうぞ」

「ふふ、ふ、いいんですよう。うちの亭主はあたしのぽっちゃりしてるところが気にいってるんですからね」

どうやら、お仙のところも、かかあ天下の口らしい。

「じゃ、辰造と二人で床板が抜けるまでせっせと夫婦相撲をとっていろ」

「夫婦相撲って、まさかぁ……」

「バカ。おまえたちが布団のうえでしょっちゅうやってるアレだよ」

「いやだぁ、せんせいも助平ねぇ」

「なにぃ……」

台所で包丁を使っていた由紀が、くすっと忍び笑いするのが聞こえた。

五

お仙が帰って間もなく、下谷で大工をしている益吉の女房で、お房という女が診療所にやってきた。

お房も日頃から甘いものに目がなく、法事にもらった葬式饅頭を食い過ぎて、胃の具合が悪くなったという。

胃薬の妙薬の波布茶と、ついでに腸の妙薬のゲンノショウコを出してやって、波布茶を七分、ゲンノショウコを三分の割合で土瓶で煎じて、日に三度は湯飲みにたっぷりいれて飲むようにいってやった。

ついでに饅頭もすこしはいいが、度が過ぎると、そのうち亭主が好きな自前の饅頭を食わせられなくなるぞと脅しつけてやった。

「それ、どういうことなんですか」

「甘いものを食い過ぎると、よけいな脂がついて太り過ぎになる。女相撲みたいになった女房は益吉も抱く気にならんだろうが」

「もう、いやだ！」

お房はぽってりした唇をぷっと尖（とが）らせて、丸まっちい躰を妙にくねらせた。

「だいじょうぶですったら！　うちのひとはあたしみたいなむっちりが好みなんだもの」

お房は自信たっぷりに、ぽってりした乳房をゆすりあげて反論した。

「だって、うちのは帰ってくると、すぐにあたしのおっぱいをさわりたがるし、おまんまをすませた途端に寝間急ぎするんだもの。男ってほんとアレが好きよねえ」

臆面もなくあけすけなことをほざくと、台所の由紀のほうを見やった。

「ほら、せんせいだって、ちゃっかり由紀さんをモノにしちゃってさ」

お房は意味深に片目をつむって、台所のほうを顎（あご）でしゃくってみせた。

「ま、どっちも空き家なんだから無理もないけどね」

「おい、空き家とはなんだ」

「ふふっ、ほら、お留守かとのぞいてみれば真っ昼間……なぁんていうじゃない」

まったく町家の女房は、どいつもこいつもおんなじだ。

こんな口達者な女の相手をしていたらとめどがない。反論するのはやめておいた。

ただし、よけいな口をたたいたぶん、罰として、いつもなら一分のところを二分ふんだくってやったが、お房は文句ひとつもつけずに払って帰った。

亭主の益吉は腕のいい大工で、棟梁（とうりょう）からもらう手間賃は一日銀六匁（もんめ）、大火でもあると手間賃もピンと跳ねあがり十匁にもなる。

大工と左官と石工は職人のなかでも稼ぎ頭（がしら）だから、益吉の女房のお房が気前がいいのは当然だった。

六

お房と入れ違いに、平蔵とは知己の間柄である定町廻り（じょうまちまわり）同心の斧田晋吾（おのだしんご）が夏羽織をひっかけ、浮かぬ顔でのっそりと入ってきた。

「よお、どうした。何かあったのか……」

「いや、あっても、町同心にゃ手も足も出せねぇ天下の御直参だときやがる」

斧田晋吾はうんざりしたように舌打ちして土間に向かうと、腰の物と十手（じって）を囲炉裏端（いろりばた）に投げだし、太い溜息をついた。

「まったく旗本ってぇのは、どうにも始末におえねぇ代物(しろもの)よ」

吐き捨てるようにいってから、診察室から土間に面した囲炉裏端にまわってきた平蔵を見て苦笑いした。

「おっと、こいつは口がすべっちまった。あんたも旗本の端くれだったな」

「バカをいえ。おれはとうに駿河台とは縁の切れた町医者だぞ」

「ふふふ、そうか、そうだったよな」

由紀が手早く淹(い)れた煎茶(せんちゃ)に広小路(ひろこうじ)名物の幾世餅(いくよもち)を添えて差しだした。

「おお、これは造作(ぞうさ)をおかけしますな」

甘辛(あまから)両刀使いの斧田は早速、幾世餅をつまんでパクリと口にほうりこんだ。

「うむ、これはうまい……」

がぶりと茶を飲んで、如才なく世辞を口にした。

「いや、由紀どのは見るたびに女っぷりが一段とあがって見えますぞ」

「ま、相変わらず、お口上手(くちじょうず)ですこと……」

由紀はさらりと受け流し、俎板(まないた)にもどって包丁を使いはじめた。

「おい、旗本と何かあったのか」

平蔵が水を向けた。

「うむ。神谷さんは朱鞘組という連中の噂を耳にしたことがあるか」

「いや、かつて明暦のころ、白柄組とかいう旗本の拗ね者が徒党を組んでいろいろと騒ぎを起こしたらしいが、それに類したようなものかね……」

「ああ、とどのつまりは頭領の水野十郎左衛門が処断されてチョンになっちまったらしいが、朱鞘組もその口のようだな」

「ははぁ、旗本が相手となると八丁堀じゃ手に負えんだろう」

「そうよ。しかも、やつらの頭領は五千石という大身旗本の三男で水野直忠とかいってな。おまけに小野派一刀流の遣い手ときてやがる」

「ふうん……ま、五千石ともなりゃ、ちょいとした大名より羽振りはよかろう」

「ああ、なにせ、父親の直親殿は、今は年寄って無役の身だが、かつては御側衆を務めたほどの御仁ゆえ、あんたの兄者でも、うかとは手を出せまいよ」

「ふふふ、ま、兄者はなにしろ、さわらぬ神に祟りなしの口だからな」

平蔵、もとより口だしする気はなし、苦笑いした。

「だろう。御目付でも腰がひけるってぇのに町方同心じゃ門前払いでチョンがオチさ」

「ほう、いったい、その朱鞘組がなにをやらかしたんだ」

「なぁに、てめぇたちはなんにもしやしねぇが、信濃屋甚兵衛てぇ野郎の用心棒になって睨みをきかせてやがるのよ」

「信濃屋甚兵衛……そいつは何者なんだ」

「表向きは両替商の看板をあげてやがるが、本性は女を売り買いする女衒さ」

「なんだと……」

「神谷さんも覚えているはずだぜ。般若の百蔵ってぇ野郎」

「おお、背中に般若の彫り物をしょっていたやつか」

百蔵は何年か前、深川の州崎弁天の門前通りに越前屋の屋号で口入れ屋の看板を出し、金貸しや女衒をしていた悪党である。

吟味方同心の佐久間久助が、百蔵が雇っていた鵜沼玄士郎という刺客に斬殺された現場近くに居合わせたのが平蔵だった。

佐久間久助は平蔵と伝八郎にとって佐治道場の兄弟子にあたることから、百蔵と鵜沼玄士郎を追いつめて討ち果たした。

「あやつのことなら今でも忘れはせぬ。一味のやつらは斬り捨てたが、百蔵のほうは追いつめたものの、お玖摩とかいう妾と風呂にはいっていたとき、心ノ臓に発作をおこしてくたばったんだったな」

「そう、それそれ……あの般若の百蔵に輪をかけた大悪党が信濃屋甚兵衛さ。甚兵衛のやつは彫り物なんてちゃちなことはしていねぇが、女衒商売でがっぽり儲けてやがる。なんでも裏じゃ、大蛇の甚兵衛と呼ばれているそうだぜ」

「ほう、般若のつぎは大蛇ときたか……」

平蔵、思わず苦笑いした。

「悪党はどいつもこいつも、虚仮おどしが好きらしいな」

「そうはいうがな。なんでも、一度こいつが目をつけた女はとことん丸呑みにして骨までしゃぶりつくすそうだ」

「ははぁ、それで大蛇か……浅草の見世物小屋か化け物小屋にでも出したら大当たりするだろうよ」

「あんたは気楽にかまえているがね。なにしろ甚兵衛は、ちょいと垢抜けした女は片端からパクリと食いついてとことんのがさないという、すっぽんみたいなやつだからな」

台所の由紀のほうを目でしゃくって声をひそめた。

「由紀どののような器量よしは目をつけられねぇように用心したほうがいいぞ」

「ちっ、人の心配をする前になんとかカタをつけるのが、八丁堀の仕事だろうが」

「それをいうな、それを……こっちもしゃかりきになってるんだが、なにせ、うしろに朱鞘組なんて物騒な代物がついてやがるんで往生してるのよ」

「八丁堀でも腕っこきの同心も、旗本相手となると意気地がないもんだな」

「しょうがねぇだろう。こっちは町奉行配下で、浪人者ならともかく旗本相手となると手も足もでねぇ仕組みになってるのよ」

「達磨じゃあるまいし、そこんところを何とかするのが斧田晋吾じゃなかったのかね」

「ちっ！」

「ことわっとくが、おれは兄者に口をきくつもりはないぞ。おれは兄者には金輪際世話にゃならないと啖呵切ってケツまくってきたばかりだからな」

「ふうむ……あんたも気が短いからな。またぞろ、つまらんことで片意地はったんじゃないのか」

「なにぃ……」

「わかった、わかった」

どうやら風向き悪しとみてか、斧田ははやばやと腰をあげた。

ついでにちゃっかりと盆の上の幾世餅を懐にねじこんだのはいうまでもない。

第四章　人の縁

一

先日、由紀は雑司ヶ谷にいる松江という四十になる伯母が浪人者の夫を亡くし、裏店でひとり住まいをしているのを知って、「おかめ湯」に呼び寄せ、湯屋を手伝ってもらうことにした。

松江は夫が浪人してから音羽町の小間物屋で働いていたので商いにも馴れていて、女中たちへの気配りもそつがなく、釜場の男たちとも折り合いよく接してくれる。

留守中も松江がいてくれれば、安心してまかせられた。

由紀が引き取った孤児の太一は、人見知りをする子だったが、平蔵と由紀によくなつき、平蔵を「ちゃん」と呼び、さらに、このごろでは由紀を「かあちゃん」

と呼ぶようになっていた。

松江にもすぐになついて「おばちゃん」と呼び、寝るときは松江の部屋で眠る。

由紀は太一を引き取って間もなく、かねてから懇意にしている禅念寺の宗源禅師がひらいている寺子屋に通わせることにした。

太一は口数のすくない子だったが、平蔵の家にいたときも一人で庭に文字らしいものを書いていた。

宗源禅師によると、太一は仮名文字はすべて書けるようになっていて、二つ、三つ年上の子にまじっていてもすこしも遜色なく、末頼もしい子だということだった。

太一の母は武家の出自だけに、それなりに教養はあったのだろう。

近頃では算盤も習いはじめ、易しい漢字も書けるようになっているらしく、由紀もおどろいているようだ。

寺子屋に通うようになってからは遊び友達もできて、気性も明るくなってきた。

由紀は平蔵の子を宿すことができたら太一とおなじく自分で育てるといっているが、そのときは平蔵もああそうかですますわけにはいかないだろう。

——そのときは、そのときだ……。

　そう思っているが、もし、兄の忠利が、夜鷹の子の太一や、湯屋の女主人でもある由紀と平蔵とのかかわりあいを知ったら、神谷家の家名を汚すつもりかと、烈火のごとくいきりたつにちがいないだろう。

　生まれながらに大身旗本の跡取りとして育った忠利には、その日、その日を懸命に生きている生身の人間の暮らしや人情の機微など金輪際わかるはずはない。

　きまった食禄があるわけではなく、日々を必死に生きぬいている町家暮らしの者には、家名や体面などとはまるで無縁の生身の暮らしがあるだけだ。

　これまで幾たびとなく死地をかいくぐってきた平蔵には、現世のみがあって、来世などは考えたこともない。

　だから篠の位牌も寺に預けてきたし、仏壇も置いてはいない。

　その日暮らしの者には、家族が死んでも寺に読経代を払う金がなく、泣く泣く夜中に川に流してもらう者もいるが、それを不人情とそしることはできない。

　——人の縁というのは家柄や血縁にかかわらず、生臭く、切ないものだが、それだけ尚更に愛おしいもののようだ……。

　長く町家暮らしをしていると、つくづくそう思えてくる。

二

このところ、平蔵はしらじら明けに起きだすと、井戸端で冷水を浴び、真新しい褌を締めなおし、普段着に博多帯をしめて両刀を腰に差し、真剣の素振りをするのを日課にしている。

いつ、どこで剣をふるうことになるかも知れない平蔵にとって真剣の素振りはかかせなかった。

真剣というのは木刀や竹刀とはまるでちがう。平蔵が所持しているのは恩師、佐治一竿斎から頂いたソボロ助広と、亡父遺愛の井上真改、それに吉宗公から拝領した三池典太光世の一振りがある。

かつて伊皿子坂で、まだ紀州藩主だった吉宗公が刺客に襲われたとき、剣友の矢部伝八郎、笹倉新八とともに撃退したのち拝領したものである。

そのおり三人ともに吉宗に仕えぬかと誘われたが、固辞した代わりに拝領したものだ。

むろん、伝八郎は備前盛光を、新八は小野繁慶をそれぞれ拝領している。

いずれも売れば千金の価がつく銘刀だが、三人とも家宝にしていて日頃腰に帯びたことは一度もない。

しかし、平蔵は朝の素振りには三池典太をつかうことにしていた。

三池典太は室町以来、天下五剣のひとつに数えられる名刀で、反りが深く、刀身に厚みがある。

刃の走りが速いし、重みがあって切り返しの速さも違うため、手に馴染んでいないと自傷しかねない。

もともと鎧武者を相手にするために作刀されたものだけに、素振りを百回繰り返すよりも三池典太を三十回振るほうが、神経の使い方も躰の負担もはるかにおおきい。

平蔵は青眼の構えから振り下ろし、反転して切り上げては逆袈裟に斬りおろす動作を何度も繰り返す。

刺突から身を転じて横薙ぎに振る。

これを五十回もつづけると手足の筋肉が悲鳴をあげ、背骨が軋んでくる。

まして百回ともなると、全身に汗が吹き出し、太腿が攣ってくる。

柄巻きが汗でじっとり湿ってくるようになると、刃を鞘におさめ、濡れ縁に刀を置いて、井戸から汲み上げた水を頭から浴びる。

全身から吹き出す汗を井戸水で洗い流す。

着物も褌も脱ぎ捨て、素っ裸になって釣瓶の水を浴びていると、いつの間に来たのか由紀が部屋のなかに正座して見まもっていた。

「よう……いつ来たんだ」

「それよりも早くお召し替えをなさらないと、お風邪を召しますよ」

由紀は腰をあげると、膝のうえに置いていた手拭いと、真新しい肌着をもって庭におりてきた。

「ま、大変な汗……」

由紀は手拭いを手に背後にまわり、首筋から背中にかけて吹き出す汗を拭いはじめた。

時の鐘が明け六つ（午前六時ごろ）を打ち始めた。

平蔵は三つ子のように佇んだまま、由紀のなすがままに身をゆだねていた。

このあと由紀は朝餉の給仕をすますと、「おかめ湯」にもどって朝湯の客を迎える。

湯屋の女主人と平蔵の世話、それに太一の母親役の三役をひとりでこなしているのだ。

――あまり無理をするなよ……。

ときどき、そういって気遣(きづか)うが、

――これくらいのこと、なんでもありませぬわ。子を三人も四人も育てながら、夜なべして内職しているひともいらっしゃるんですもの……。

由紀はそういってこともなげに笑う。

江戸の商家は、商いが繁盛するのは御内儀(おかみ)次第だといわれている。

いくら繁盛していても御内儀がだらしなく、客あしらいに関心がなく、商売そっちのけで着物道楽や芝居見物に浮かれているような店は一代で屋台骨がかたむいてしまう。

「おかめ湯」はしがない町の湯屋だが、亭主が亡くなってからも客足はすこしも途絶えることなく繁盛している。

しかも使用人たちもひとりもかけることがないのは、由紀の目くばりや客あしらいにもそつがないからだろう。

平蔵とわりない仲になってからも湯屋の主(あるじ)としての仕事はきっちりこなし、手のあいた合間にやってきて家事をしてくれる。

湯屋は朝は五つに暖簾を出して宵の五つに暖簾をしまうが、風の強い日は火事を用心して休みにする。

［おかめ湯］は下町だけに入り込み湯という混浴になっているため、男は風呂褌をしめたまま、女は湯文字をつけたまま入るきまりになっている。

風呂褌をもたない客は貸し褌をして入らなくてはならないが、なかには自前の褌をつけたまま入ろうとする男もいる。

そういう男にやんわりと駄目出しをするのも由紀の仕事だった。

そのあいだに下足番の松造が自身番に走って、町役人か火消しの頭を呼びにゆくことになっているが、まず由紀のいうことを聞かないような男はいなかった。

由紀が湯屋の仕事をおえて平蔵のところにくるのは三日に一度か、時には五日も間をあけることもあるが、明け六つの鐘が鳴る前のしらじら明けには床を離れ、きちんと身じまいをすまし、平蔵の目をさまさないようにそっと帰っていくような、そんな気遣いをするいじらしい女だった。

そういえば伝八郎の妻の育代も四人の子を育てつつ、家計をやりくりし、道場の門弟たちの面倒もこまごまとみている。

版木彫り職人の長助の女房のお駒にしても細身のおなごだが、腕白盛りの五つになる男の子を育てながら、回り髪結いをする傍らで白粉を売り歩いて稼いでいる。

柳に雪折れなしというが、そうじて男よりも女のほうが根気がよく芯が強いようだ。

三

——その日。

口開けに治療に来たのは左官の権太で、昨夜、仲間と飲み過ぎて腹の具合を悪くしたという。

「おい。たしか、おまえには一分二朱のツケがあったはずだな」

と睨みつけると、権太は猪首を竦めて「へへへ、ツケのほうはちゃんと払いやすが、今日のぶんはひとつ、節季払いにしてもらいてぇんですがね」と泣きを入れてきた。

左官も稼ぎがいいはずだが、権太は酒と女に目がない口で、飲み屋と医者への払いはすこぶる悪い。

「こいつめ、もし、ツケが年を越したら女房から取り立てるぞ」

「ええっ、そ、それはねぇでしょう、それは……」

権太の女房のお松は勝ち気で、腹を立てると包丁をふりまわして亭主を追いかけかねない女だ。

お松は雪国の生まれらしく色白で愛想のいい女だが、滅法腕っ節が強く、昼間は杵をかついで、臼を転がしながら搗き米をして稼いでいる。

江戸の人間は白米しか食べないため、屋敷や大店のように雇い人の多いところは米屋から俵で玄米を買い、搗き米屋に頼んで白米に搗いてもらう。

一俵搗いていくらという賃仕事で、若い男でもよほど頑丈な躰をしていないとできない仕事だが、お松は女ながら苦もなくこなしてしまう。

それだけに、いざ喧嘩となるときまって権太のほうが泣きをいれる羽目になる。

とはいえ夜になると、お松は滅法やさしくて、おまけに肌身が雪白で権太のほうが、ぞっこん惚れこんでいるらしい。

「今日のところはツケにしておいてやるが、つぎはきかんぞ」

「へ、へい……」

脅しつけているところに、剣友の矢部伝八郎がのっそりと現れた。

「ほう。きさまは左官の権太だな。またまたツケにするつもりじゃなかろうな。ン」

伝八郎が睨みつけると権太は亀の子のように首をちぢめ、腹くだしの薬を出してやると、ほうほうのていで逃げるようにして帰っていった。

平蔵が診察室から奥の間に向かうと、伝八郎は縁側に大あぐらをかいて、由紀が茶受けに出した堅焼き煎餅をバリバリと囓りながら裏庭を眺めていた。

「おい。師範代が朝っぱら道場を抜けだしてきていいのか」

「なに、今日は柘植さんが稽古をつけてくれておるし、門弟も少ないから心配いらん」

「気楽なもんだな。剣道場というのは……」

「なぁに、うちは磐根藩の出稽古でもっておるようなもんよ。道場に来る弟子が月の束脩をちゃんと払ってくれりゃそれでいい」

にやりとして、片目をつむってみせた。

「たまに切り紙や免許をとらせてやると、礼金を寄越すから、おれの飲み代ぐらいにはなるしのう」

「いいのか、そんな気楽なことをいっておって……門弟が減って閑古鳥が鳴くようになってから慌てても遅いぞ」

小網町にある剣道場は平蔵と伝八郎、それに井手甚内の三人ではじめたものだったが、平蔵が医者に専念するようになって、二人にまかせて身を引いたのである。

はじめは弟子がなかなか集まらず、ピイピイしていた。

しかし、平蔵たち三人が磐根藩の危機を救ったことから、藩の江戸屋敷に出稽古をして月手当をもらえるようになって道場経営の目途がなんとかついたようなものだ。

いまは柘植杏平という剣友が代稽古を引きうけてくれているので、伝八郎もいささか怠慢気味になっている。

「いかんなぁ、きさまはすぐに怠け心を起こす癖がある。柘植さん頼みでサボってちゃ師範代とはいえんぞ」

「わかった、わかった。なぁに、やるときはビシビシとやっておる。なにせ、四人の子持ちだからの。早いところ上の光江を嫁にださんと飯の食い上げになりかねん」

「光江どのはいくつになった」

「早いもので、もう十三になる。おしゃまだが、育代に似てなかなかの器量よしでな。どこぞ、はめこむ先を物色中だ」

「こら、はめこむとはなんだ。家具じゃあるまいし……」

「なに、娘なんぞというのは飯を食らう家具みたいなもんだぞ。箪笥は古道具屋にもちこむこともできるが、娘はそうもいかん」

「ちっ、十三といや、まだ、ねんねに毛が生えたようなものだろうが。そう急ぐことはあるまい」

「なにをいうか。光江はおしゃまでな。もうおっぱいもふくらんで、いっちょうまえに色気づいてきておる。悪い虫がついて腹ぼてにならん前になんとかせんとな」

「ふふふ、下手をすると育代どののように、きさまみたいな男に食いつかれんともかぎらんからの」

「なにぃ……」

目をひんむいて嚙みつきそうになったところへ、由紀がチロリにいれた燗酒と、湯飲みに塩鮭の小口切りをこんがりと焼いたのを入れて運んできた。

「なにも肴がございませんが、召し上がってみてくださいませ」

ふたつの湯飲みのなかに燗酒をそそいで差し出した。

「うむ、これは、なんとも香ばしい匂いがするの……」

途端にえびす顔になった伝八郎が、一口すすって嘆声をあげた。

「おお、これはいける……こんがりと焼いた塩鮭の香りがなんともたまらん。燗酒に浸した塩鮭もなかなか乙なもんですな」

「お口にあってようございました。母がよく父の晩酌にこうしていたのを思い出しましたので……」

「ほう……」

「母は家計のやりくりに苦心しておりましたから、いろいろ台所のあまり物を工夫するのが得意でしたのよ」

「うむ、うむ。いや、まさに賢母良妻の鑑というべきおひとだったようですな。うちの育代にも見習わせなきゃいかんのう」

らしくもなく、もっともらしいことをほざいた。

そのあと由紀は炙った油揚げを小口切りにし、鰹節をかけた上に醤油をかけまわした肴を出すと、伝八郎は相好を崩し、

「おう、油揚げはわしの好物でな」

パクリと口にほうりこんで目を細めた。

「ううむ、旨い……」

「なにもなくてもうしわけありませんが、ごゆっくりなさってくださいまし」

そう断ってから、由紀は襷をはずし、台所に戻っていった。

「ふうむ……由紀どのは湯屋のあるじと、きさまのご新造との二人三脚か。たいしたものだのう」

「おい、ご新造はよせ。なにも妻に娶ったわけではないぞ」

「なにをぬかすか。あんな、いいおなごをちゃっかりモノにしておいて、おまけに通い妻とは男冥利につきるわ」

「なにが通い妻だ。あれは老舗の湯屋を背負っておるし、おれは医者の看板をおろすわけにはいかんゆえ、いまのままでいいといっておる。きさまにごちゃごちゃ言われる筋合いはなかろう」

「なにが医者の看板だ。ツケばかりでピイピイしておる貧乏医者よりも「おかめ湯」の主人におさまって寝て暮らしているほうがずんといいぞ。できれば、おれが代わってやりたいくらいのもんよ」

伝八郎、ごろんと横になると天井を仰いだ。

「ああ、あ……おれにも、そういうタナボタの口が転がりこんでこぬかのう」

ちらと横目を平蔵にくれて、深い溜息をもらした。

「それにしても神谷は女運がいいのう」

「ちっ、女運とはなんだ。すこしは口をつつしめ」

平蔵が渋い顔で睨みつけたが、伝八郎はとどまることがない。

「けっ、なにをぬかすか。おれの目はごまかせんぞ。もう、とうにコレもんだろうが」

小指と人差し指を立ててちょこちょこと輪をつくりながらにんまりした。

「なにせ、きさまはこっちの手が早いからのう。「おかめ湯」の由紀どのといえば浅草の商人（あきんど）たちのあいだでも評判のしっかりものの女将（おかみ）だぞ。おまけに滅法いい女ときたら、これはもう、こたえられんわな。うまいことやりおって、こいつめが……」

ちょいと酒がはいると、とめどもなく饒舌（じょうぜつ）になるのが伝八郎である。

ほうっておくと何を言い出すか知れたものではない。

ちょうど来患も途絶えたらしいから、外に連れ出すことにした。

台所にいって、由紀に耳打ちした。

「いつもの［鳥源］にいってちょいと飲ませてくるから、患者が来たら呼びにきてくれ」

四

このところ伝八郎が贔屓にしている［鳥源］という居酒屋がある。

その［鳥源］の片隅の床机に陣取り、搔き揚げ蕎麦を肴に燗酒を飲みつつ、伝八郎はにんまりして声をひそめた。

「おい、実はの。どうやら、おれも女運が向いてきたらしいのよ」

「ほう、まさか相手は人妻じゃなかろうな」

「ばかをいえ。娘も娘、娘盛りよ」

にんまりして声をひそめた伝八郎は、店内を赤い襷がけで客に酒を運んでいる若い女中を目でしゃくった。

「ほら、あの、おみつ坊よ」

「なにぃ……おい、まさかだろう」

平蔵は呆気にとられながら、床机のあいだを巧みに縫いながら客にまんべんなく笑顔をふりまいている女中に目を走らせた。

おみつという女中は、年は十八、九ばかりで、平蔵から見ればまだ小娘である。

たしかに伝八郎好みのむっちりした胸と、手鞠のような臀をした可愛い娘だった。

とはいえ、いくら贔屓目に見ても、三十男のいかつい伝八郎にこころを寄せるとは思えなかった。

「おい、こら、まさかとはなんだ。まさかとは……」

伝八郎、心外なといわんばかりにふくれっ面をした。

「おれが女にもてちゃいかんのか」

「いや、そうはいわんが……ちと、年がちがいすぎはせんか」

「なにをぬかす。年がなんだ。年が……佐治先生をみろ。お福さまと三十も違うにもかかわらず琴瑟相和しておられるだろうが」

またまた、筋違いなことを引き合いにしてきた。

「おい、先生とお福さまはちゃんと祝言をあげられた歴とした夫婦だぞ。きさまのはちょんの間のただの浮気だろうが。同列には論じられん」

「ようういうわ。きさまと由紀どのとて祝言をあげた仲じゃあるまいが。ええ、たがいに仕事の合間を縫いつつ肌身を温め合うことで折り合っておる仲だろう」

「う、ううむ……」

「ン、古事記にも記されておるように古来より男と女は、成り成りて成りあまれるところと成り合わざるところを塞ぎあうようにできておるのよ。つまりは刀を鞘におさめるようなものだ」

伝八郎、どうだといわんばかりににんまりとした。

「ちっ……」

これには平蔵、なんともあいた口がふさがらない。

たしか、古事記の解説をしたのは平蔵のほうだったはずだが、いまや、ちゃっかりと手前味噌にしてしまっている。

「な、いうなれば、きさまが刀で、由紀どのが鞘ゆえ、うまく折り合っておるのではないか、ええ、おい……」

なにせ、伝八郎は図体のわりに無類の口達者で、屁理屈となると平蔵は常に分が悪い。

「な、おみつ坊とて、なにも、おれの女房になりたいと思っておるわけじゃない。ただ、おみつ坊は見てのとおりの娘盛りゆえな。おれがような後腐れがなくて頼もしい男にときおり可愛がってもらいたいというわけよ」

伝八郎、どうだといわんばかりにふんぞりかえった。

「おみつ坊はな。二人きりになると、おれの胸にほっぺたをこすりつけて胸毛をつまみながら甘えてきよるのよ。うふふっ……」

平蔵、げんなりした。

「わかった、わかった……ただな、その坊呼ばわりはよせ。なにやら、こう、尻がむずがゆくなってくる」

「ははぁ、きさま、妬いておるのか、ン」

もはや、何をかいわんや、だ……。

とはいえ、女にしてみれば伝八郎が後腐れのない男であることはたしかである。

男の肌身を知った女が、ときおりの気まぐれな情事の相手にするには伝八郎はころあいといえる。

女を食い物にするような恐れはなく、かつ、用心棒にはもってこいの屈強な剣士にはちがいない。

ただ、伝八郎の惚気は時として独りよがりに走る嫌いがあることもたしかだ。

おみつという娘が伝八郎としんねこになったからといって、ほんのいっときの浮気ということも充分にありうる。

――ま、そのほうが無難だがな……。

なにせ、伝八郎はのぼせあがるととどまるところをしらない奔馬（ほんば）のような男だ。いまの妻の育代が三人もの子持ちだったのを承知のうえで、所帯をもった一本気な男である。

――浮気が本気にならなきゃいいが……。

平蔵、ひそかに溜息をついた。

「あら、ま、いらしてたんですか」

そのおみつが運び盆を手に客に笑顔をふりまきながら、二人の床机に近づいてきた。

「ン、おう、ふいに、おみつ坊の顔が見たくなってのう」

伝八郎、箍（たが）のゆるみきった桶（おけ）のように締まらない顔になり、おみつの臀を撫（な）でようと手をのばした。

「もう、いやな……」

おみつは器用にひょいとかわすと、伝八郎の手をピシャリとぶった。

「人目があるでしょ……人目が」

片目をつむり、腰をくの字にひねって小声でささやいた。とても二十歳そこそこの娘とは思えない色っぽい仕草である。

「うっふっふ……」

途端に伝八郎、でれりぼうと鼻の下をのばして、色男然と悦にいっている。

どうやら伝八郎の惚気はまんざら嘘ではなさそうだった。

――育代どのに知れても、おれは知らんぞ。

親友としては、この能天気な親友の浮気が、勘ばたらきのいい妻の育代に悟られずにすむことを願わずにはいられなかった。

五

その日、平蔵の診療所には朝から四人たてつづけに患者がきたが、いずれも夏の風邪っぴきや腹病みのものばかりで、治療するほどのこともなく薬を渡して帰した。

ひとしきり患者の足が途絶えたので、下駄を突っかけて裏庭に出てみた。

物干し竿に多数の洗濯物がひるがえっている。

その向こうで、由紀が井戸端にしゃがみこんで背を向けたまま山のような洗濯物をかたわらに積みあげ、平蔵の肌着と褌を濯ぎ洗いしているところだった。

「おい、そんなに洗濯物があったのか」

由紀が干し物の隙間から顔をのぞかせて笑いかけた。

「ええ、押し入れの奥につめこんでありましたよ。とりだすと汗臭くて、息がつまりそうでしたもの」

「ン、そうだったかな……」

「あのまま、ほうっておけば黴が生えてしまいますよ。これから汚れ物は隠さずにちゃんと出しておいてくださいましね」

「う、うむ……」

そういえば、このところ、洗濯などをするのが面倒臭く、ときおり汚れ物をまとめて押し入れの布団の裏側につっこんでおいたような気がする。

「しかし、井戸の水は冷たかろうが。あまり無理せずともよいぞ」

「いいえ。湯屋は真冬でも水を使うのが仕事でございますもの。これくらい、なんでもありませんわ」

由紀は身軽に腰をあげ、濯ぎおえた褌を一振りして水を切ると竿にかけながら、たしなめるような眼差しで睨んだ。

「できれば、せめて下帯だけは早めに出してくださらないと黄ばんでしまいますからね。お医者さまなんですから、すこしは身綺麗になさらないと患者から軽んじられますよ」

「ン、うむ……」

――べつに患者に褌を見せるようなことはしておらぬが……。

言い返そうとしたが、ここはおとなしく由紀の言い分を聞いておくほうが無難だと思い直した。

平蔵にしてからが、黄ばんだ褌をしめるよりは真っ白な褌をしめるほうが気分がいいにきまっている。

やはり、家には女手があるのとないのとでは大違いだ。

藍地に鮫小紋の柄を染めぬいた単衣に茜色の帯を文庫結びにし、腰高に締めた由紀の姿はきりっとしている。

だらり結びや一つ結び、水木結びのように帯を下げると動くたびに帯が踊るので邪魔になるからだと由紀はいう。

ぎゅっと締めあげた帯の下から腰高にぐいとせりだしている尻のふくらみが、

背伸びするたびに勢いよく伸び縮みする。

紅紐で袖を肩口までたくしあげた由紀の二の腕が、まぶしいほど艶やかに白い。

由紀は今年で二十五歳、まさに女の盛りを迎えつつある。

由紀は子を産んだことがないだけに、腰から尻にかけてのふくらみもきりりと締まっていて、乳房のふくらみは手鞠のような弾力にみちている。

どちらかというと由紀は小顔で、一重瞼だけに目立たない顔立ちだが、躰つきは俊敏な若い牝鹿を思わせる女だった。

そのうえ、仕事が屋内だけに日焼けすることがないし、母親が雪国生まれのせいか皮膚は艶やかで、ぬけるように白い。

「何をご覧になっていらっしゃるんですか」

背伸びして洗濯物を竿に干していた由紀が咎めるように振り向いた。

「ン……いや、なに、こんな、いい女だったかと改めて見直しているところよ」

「ま、こんな、みっともない格好をしておりますのに……」

「なんの、ごてごてと着飾ったおなごより、普段着のおなごのほうがずんと好もしい」

平蔵は洗濯物の皺をのばしている由紀の背後から腕をまわして抱きすくめた。

「あ……」

もがいて、振り向いた由紀の口をむんずと吸いつけると、由紀は急に全身のちからをぬいてぐたりとなった。

竿竹に干してあるものが風に煽られ、由紀の躰にまつわりついた。

そのとき、玄関のほうで女の訪う声がした。

「ま……お客さまのようですよ」

「ちっ！　無粋なやつだ。ほうっておけ」

「そうはまいりませぬ」

由紀はくすっと忍び笑いすると、急いで平蔵の腕から逃れ、手早く襷をはずし、鬢のほつれ毛を手指で梳きあげた。

由紀は髷を結わず、洗い髪のまま、うなじのあたりを赤い紐で結わえてすませている。

髪結い代を惜しんでいるわけではなく、そのほうが動きやすいからだという。

もともと由紀は化粧には無関心な質だが、それが不思議に似合っている。

長い髪を吹き流しのように背中で泳がせながら、由紀は庭下駄を突っかけて、勢いよく勝手口に駆け込んでいった。

六

来患は本所(ほんじょ)にある恩養寺(おんようじ)の玄妙僧都(げんみょうそうず)の囲い者で、近くの日輪寺(にちりんじ)門前町の妾宅(しょうたく)にいる、お芳(よし)という年増(としま)だった。

「あら、せんせい。いらしたんですか。声をかけたのにお返事がないから、お留守かと思いましたよ」

「なぁに、ちくと裏庭で日向(ひなた)ぼっこをしていたところだ」

「ふふ、ふ、怪しいものねぇ」

ちょっと肩を竦めて、お芳は台所の由紀のほうを見やった。

「もしかしたら、お由紀さんと、しんねこのところをお邪魔したんじゃないかしら」

「バカをいえ。なにがしんねこだ。裏庭にいたゆえ声が聞こえなかっただけよ」

「へぇえ、ここが、そんなに広いお屋敷かしらねぇ」

お芳はからかうように目をすくいあげた。

「ほら、雲となり雨となるとき曇る声……なぁんていうじゃない。さっきのお由紀さんの声、なんか、くぐもってたみたいよ」

「なにをいうか。今日は朝から雲ひとつないぞ」

「そうじゃなくて、ほら、おたがい好いた同士がいっしょにいれば、声もだんだんにくぐもってくるじゃない。ふふふ……あれさこれいううち声が低くなり……なぁ～んちゃってね」

「ちっ、またどこかで下手な破礼句を仕入れてきたな」

「あら、せんせいも破礼句なんて知ってるんですか」

破礼句というのは風流な俳句とちがって、町人のあいだで近頃盛んになってきた男女の睦みあいを題材にした艶句である。

「あたりまえだ。おれはさんざん裏長屋で暮らしてきたんだぞ。長屋の連中はなにかというと破礼句を口にするからな。いやでも覚えさせられる」

「せんせいのところはさしずめ、行灯を震える息でやっと消し……の口よね」

「こいつ、なにが行灯だ。外は青空だぞ」

「あら、ま、そういえば、ひとのなんとかを邪魔するやつは馬に蹴られて死んじまえっていうわよね」

「まったく口のへらないやつだな。そういうのを下衆の勘繰りというんだぞ」

「ええ、ええ、どうせ、あたしは深川育ちの下衆ですからね。好いた殿御としんねこがいっち好きな口……ふふふっ」

なんとも口達者な女だ。

お芳は三年前まで深川の永代寺門前町で芳吉という名で芸者をしていたが、借金ができて本所の恩養寺の住職をしている玄妙僧都に肩替わりしてもらって妾になったらしい。

玄妙は叡山で千日修行をおえて僧都の位をもらったというが、いまどきの僧位は金で買えるらしいからあてにはならない。

説法もうまく、大身旗本の妻や、羽振りのいい商人の女房には受けがいいということだった。

もう五十をとうに過ぎているが叡山の荒法師のような筋骨たくましい坊主で、いまだに駕籠で乗りつけては朝まで寝かせてくれないというから、お芳は説法よりも床で泣かされたのだろう。

——粋な深川、いなせな神田、人の悪いは麴町……。

と佃節にもあるように、お芳は物腰や物言いに婀娜っぽいところがある。

もう三十路を過ぎた大年増だが、派手な花亀甲の柄を染めぬいた単衣に黄色の帯を高尾結びにした姿は、粋を売り物にしていた深川芸者の昔を思わせる。

しかし、見たところ顔色もよし、怪我したようすもない。

「今日はどうしたんだ。旦那に可愛がられすぎて腰でも痛めたか」

「いやですよ。旦那はもうかれこれ六十近いんだもの。あたしを泣かせるような元気なんぞありゃしませんよ」

お芳は艶っぽい流し目をくれて、平蔵の肩をぴしゃりとたたいた。

「いえね。ここんところ胸やけがしてむかむかするし、やたらとゲップがでるんですよ」

「ふうむ。胃がもたれたり、腹がゴロゴロ鳴るようなことはないか」

「そう、それそれ……」

「ははぁ、通じもあったり、なかったりする口だな」

「そうなんですよ。そうかと思うとピイピイになっちゃったりして……いやだなあ、もう、せんせいったら！　恥ずかしいこといわせないでよ」

「バカ。医者に恥ずかしいも糞もなかろう。どうやら、あんたのは不養生がもとのようだな。痛風の気もでているようだぞ。あんた、ふだんから牛蒡や人参、豆や青菜のたぐいをあまり食わんだろう」

「え、ええ……なにしろ旦那が脂っこいものが好きだし、あたしも生きのいい魚や、鳥肉や猪鍋なんかのほうがおいしいもの。それがいけないんですか」

「あんたの旦那は坊さんだから寺では野菜ばかり食っているゆえ、あんたのところに来ると魚や肉を食いたがるんだろうな」

「そうなんですよ。ことに猪の肉や鰻は精がつくなぁんちゃって、二人前ぐらいぺろりとたいらげちゃいますからね」

「ふふふ、ま、鰻はおれも好物だから文句はいえんが、そう脂っこいものばかり年寄った旦那に食わせていると、腹に脂がつき過ぎて息切れがするようになって、あんたといいこともできなくなってしまうだろうよ」

「え、まさかでしょ……」

「まさかなものか。医者はできあいの大道易者とちがって、いい加減なことはいわん。旦那も閨の愉しみができなくなってみろ。あんたはご用済みのお払い箱になりかねんぞ」

「そんなぁ、もし、そんなことになったら夜な夜な旦那の枕元に化けて出てやるわよ」

お芳はおどけて両手をだらりとたらし、幽霊の真似をしてみせた。

「ま、旦那はあんたに首ったけのようだから、お化けのあんたに抱きついてくるかも知れぬぞ」

「だったら、悪いけど旦那には地獄のほうにいってもらって、あたしは極楽で早死にした活きのいい若い男を見つくろってしんねこになってやるもの」

「げっそり脂がぬけた痛風もちのお化けじゃ若い男は相手にせんだろう」

「もう、意地が悪いんだから……」

台所で米を研ぎにかかっていた由紀がくすっと忍び笑いするのが聞こえた。

お芳は綺麗好きで、毎日、朝飯をすませると「おかめ湯」に朝風呂に行くことから由紀とも親しい仲である。

「ちょいと、お由紀さん。人を笑いものにしてると怒るわよ」

お芳が台所のほうに首をのばし、由紀に声をかけた。お芳はちゃきちゃきの江戸っ子で気性もからりとしている。

「そんなに心配しなくてもいいわよ。お芳さん……」

由紀が濡れた手を前掛けで拭いながら、暖簾から顔をのぞかせた。

「平蔵さまのいうことをちゃんと聞いていれば治りますから」

「なら、いいけど、もし治らなかったら、お由紀さんの枕元に化けて出るわよ」

「こらこら、自分の不養生を棚上げにしちゃいかんな」

平蔵が苦笑いしながらたしなめると、お芳は口を尖らせた。

「ま、いやだ。せんせいったら、すぐそうやって惚れた女の肩をもつんだから……」

「おい。憎まれ口をたたいていると治療どころか、薬も出してやらんぞ」

「はいはい、わかりましたよ」

「とにかく、いま診てやるから、帯紐を解いて、肌襦袢と腰巻だけになって枕を抱えて腹ばいになってみろ」

平蔵はひと睨みしておいて、お芳を診察室に敷いた患者用の布団に寝かせた。

お芳は深川芸者をしていただけに、婀娜っぽい紅絹の腰巻に白絹の肌着をつけている。

そのかたわらに片膝ついた平蔵は、まず背骨の左右にある肝兪と腎兪、それに腰骨の上の大腸兪のツボを親指の腹で丹念に指圧してやった。

「あ……ああ、きく、ききます。そ、そこ、そこ、ききますよぅ」

しばらくすると、お芳は身をよじり、涎をたらさんばかりに心地よげな呻き声をあげはじめた。

つぎに、お芳を仰向けに寝かせると、肌着の前を開かせ、腰巻の紐をゆるめさせた。

「ふふ、なんだか、あたし、乙な気分になってきちゃったわよ……」

お芳は腰巻の紐をゆるめながら、ちょろりと舌をだした。

「なんなら、すっぽんぽんになってもいいわよ」

「ちっ、そういうセリフは旦那にいえ」

平蔵は苦笑いしながら、お芳の臍のまわりにある中脘と水分、臍中四辺のツボを親指で指圧しにかかった。

お芳は腰巻の裾が乱れ、観音さまがご開帳しかけているのもかまわず、仰向けになったまま、ぐたりとなって放心した。

「どうだ。すこしは楽になったか……」

「ええ、ええ……それは、もう……なんだか昼間から思いっきり可愛がられちゃったような気分だわ」

お芳はうっとりして、気だるそうに身を起こし、裾前を直すと、土間に佇んでいる由紀をかえりみた。

「こんな腕のいいお医者さまに可愛がってもらって、お由紀さんはほんとに幸せものね」

「もう……なに、おっしゃるんですか」

由紀は頬ばかりか、うなじにまで血のぼせて台所に駆け込んでいった。

「せんせい、今夜はたいへんよ。お由紀さんにせがまれちゃって……」

「ちっ！　おまえじゃあるまいし」

「ふふっ……」

痛風の薬を出してやると、わたしには薬よりもせんせいの指圧のほうが効くみたいといって、二分二朱の治療費と薬代に上乗せして、一両小判を置くと、またきますからねといって帰っていった。

やはり玄妙僧都は算盤のほうも抜け目がないらしく懐具合もあたたかいようだ。

口は達者でも、お芳のような気前のいい患者ばかりだと平蔵の診療所も御の字だが、そうは問屋がおろさず、このあと、患者は一人もやってこなかった。

うだるような暑さもひとしきりして朝夕は涼風を感じるようになると、現金なもので患者の足もぴたりと絶えた。

だからといって、医者というのは不便なもので、芝居小屋のように客の呼び込みをするわけにもいかないし、得意先をまわって御用聞きをするわけにもいかない。

七

その日、朝から身をもてあましていた平蔵は昼下がりの八つ（二時）ごろ、筒袖(つつそで)に裾をしぼった裁着袴(たつつけばかま)をつけ、竹の編籠(あみかご)、ソボロ助広を腰に草鞋履(わらじば)きという格好で山谷堀のほうに向かった。

山谷堀は水源を王子(おうじ)の森に発し、川沿いの田畑を潤(うるお)しながら吉原遊郭の北側をまわって蛇行し、隅田川(すみだがわ)に合流する。

川沿いにはさまざまな薬草が繁茂(はんも)していて、貧乏医者の平蔵にとっては濡れ手に粟(あわ)の薬問屋のようなものだった。

浅草寺の広大な境内(けいだい)の裏側に出て田畑のなかを突っ切り、昼遊びの客で賑(にぎ)わう吉原遊郭を尻目に山谷堀に出た。

水際の湿地におりると赤く熟したクコの実を摘んで腰の編籠に投げ込んだ。

クコは夏、淡紫色の花を咲かせ、赤い実をつける。実が熟れるのを待って焼酎に漬けこむとクコ酒になる。

クコ酒はべつにうまいものではないが、滋養強壮にはむかしから効能があるといわれている。

しかも、若葉は茹でるとおひたしになるし、天日で干せば解熱にも卓効がある。

――そうだ。これを師にさしあげたら、さぞ喜ばれような……。

ふと、師が隠宅を構えている荏原郡の碑文谷村にはクコの木が少ないとこぼしておられたことを思い出した。

さらに平蔵は、過日、医学の師でもある小川笙船から頂いた［仙霊牌酒］を瓢簞に小分けして持参しようと思いついた。

［仙霊牌酒］は碇草の根を漬け込んだ強壮酒として知られている。

碇草は生薬名を［淫羊藿］といわれ、「本草綱目」によると「昔、唐の四川省に藿という草を常食している山羊の雄が、日に百度も雌と交尾するため、その草を［淫羊藿］と呼ぶようになった」とある。

いくら絶倫の山羊でも日に百度も番うはずもないが、小川笙船は自分も服用してみて強壮には効能があるといって平蔵にすすめてくれたのである。

平蔵には不用だが、六十を越して、いまだ矍鑠たる師には、まだまだ元気でいてもらいたいものだと思った。

編籠にいっぱいクコの実を採りおえると、無性に恩師の顔が見たくなった。

父が亡きあとの平蔵にとって佐治一竿斎は単に剣の師というだけではなく、親にもまさる存在だったからである。

また、一竿斎の妻であるお福さまは実の姉のようなおひとでもある。

クコの実と［仙霊牌酒］を土産に碑文谷村の師の隠宅を訪れてみようと思い立った。

第五章　一期は夢

一

かぎりなく青く澄みわたった夏空には、雲が綿のように白く浮かんでいる。

平蔵は、小石川から市ヶ谷、四谷と南下し、青山に入った。

途中、小川笙船宅に立ち寄って、留守中の診療所の代診を頼んでおいた。

小川笙船は小石川に公儀が開設する診療所をまかされて多忙だったが、自宅には師の代診を務められる門弟が三人いる。

いずれも本道（内科）、外料（外科）をこなせる弟子たちばかりで、泊まり込みの代診中の食事の世話は由紀が引きうけてくれる。

小川笙船と相談のうえ、一日二朱の礼金を払う約束で門弟に留守中の代診を頼むことにした。

一日二朱の出費は痛いが、近所の患者に迷惑をかけることはない。荏原郡に向かう途中、小腹がすいてきたので蕎麦屋の暖簾をくぐって盛り蕎麦を食った。

まだ暑いので、冷たい蕎麦が火照った躰にありがたい。汁まで残らず平らげて店を出た。

江戸は橋の街でもあるが、坂、坂、坂の街である。白金の町並みをぬけると行人坂の急坂が目黒川までつづいている。

このあたりまで来ると、ところどころに大名の下屋敷があるだけで、あとは見渡すばかり田圃や畑ばかりの百姓地である。

荏原郡の百姓たちは野菜を積んだ荷車を引いて、こんな坂道をいくつも上り下りしては内藤新宿あたりの問屋に売りに行くのだろう。

町家暮らしも楽とはいえないが、百姓たちの暮らしにくらべれば、まだ、ましなほうかも知れない。

行人坂を下って目黒川に架けられた太鼓橋を渡り、下目黒村にはいった。

下目黒村を西へ抜けたところが碑文谷村である。江戸の西端にある百姓地が大半の片田舎だった。

いちおう関東郡代の管轄下にはいっているものの、役人が見回りにくることはほとんどなく、徳川幕府が江戸に開府して以来、古くからの村長（むらおさ）や土地の庄屋が仕切っている。

二

佐治一竿斎のことを、このあたりの百姓は碑文谷の先生と呼んでいる。

平蔵が師の隠宅についたころ、陽はすでに西に沈みかけていた。

お福さまに手土産のクコの実と「仙霊牌酒」の瓢簞（ひょうたん）を渡して奥の座敷に足を運んだ。

師の佐治一竿斎は碁敵（ごがたき）でもある真妙寺（しんみょうじ）の住職仙涯和尚（せんがいおしょう）と、酒を酌（く）み交わしながら炉端で碁盤に向かっているところだった。

案内されてきた平蔵を見やった一竿斎は、じろりと一瞥（いちべつ）しただけで何もいわなかった。

仙涯和尚は盃を片手に愉（たの）しげに目をしゃくってみせた。

「ふふ、いま、一竿斎どのの大石（たいせき）がお陀仏（だぶつ）になりかけておってな。死中に活をもとめて、のたうちまわっておるところよ」

なるほど、盤面の中央に打ち込まれた三十目(もく)ほどの黒の大石には目がなく、追いつめられた大蛇のように白地のなかで活路をもとめて気息奄々(きそくえんえん)としている。

佐治一竿斎は半身を乗りだし、盤面を食い入るように見つめていたが、ふいに黒石をつまむなり、ハッシと盤上にたたきつけた。

「なにをぬかすか、糞坊主(くそぼうず)めが！」

「うむ……」

しばらく盤面を見ていた和尚の顔つきが一変した。

「なんと、そんな妙手があったか」

「はっはっはっ……どうじゃ、目なしに目ができて、逆に白石を囓(かじ)り取ったわ」

「う、ううむ……」

「ふふふ、坊主が裸足で逃げ出すとはこのことよ」

「いや、まいった……」

仙涯和尚は憮然(ぶぜん)とし、ピシャリと坊主頭を叩いた。

「その大石が活きたとあっては盤面で地が足りぬわ。このところ一竿斎どのもずいぶんと腕をあげられたな」

「ふふふっ、お福よ。酒じゃ、仙涯どのに成仏の酒をさしあげろ」

「はいはい……」

「こら、はいはいとはなんじゃ。はいは一度でよい」

「ふふっ……急に元気になって、さっきまでは青菜に塩だったんですよ」

お福さまが笑いながら腰をあげた。

「青菜に塩とはなんじゃ」

一竿斎は口を尖らせ、お福さまの豊満な尻を見送って舌打ちした。

「あやつめ……このところ、わしを子供あつかいしおる。ちと喝をいれねばならんな」

「ふふふ、老いては妻に従うのがなによりですぞ」

仙涯和尚が横合いから揶揄した。

「なにをぬかすか。まだまだ、わしは老いてはおらぬぞ。三日に一度はあやつめを囀らせておるわ」

一竿斎がどんと胸をたたいて豪語した。

「あら……よう、もうされますこと」

お福さまが熱燗の酒をチロリにいれて運んでくると、平蔵に片目をつむってみせた。

「嘘も嘘、大嘘。この前など、年はとりとうないとぼやいておいでだったんですよ」

「ちっ！　こやつめが。このところ口達者になりおって……」

お福さまをひと睨(にら)みして、平蔵を目でしゃくった。

「そうよ、平蔵めは空き家になったばかりじゃ。おまえがごちゃごちゃと口うるさいことをもうしていると、平蔵めに下げ渡してしまうぞ」

「ま、うれしいこと……」

お福さまは一向に意に介したようすもなく平蔵を見やった。

「でも、わたくしのようなお古(ふる)をおしつけられては、平蔵どのはさぞかしご迷惑でしょうよ……ねぇ、平蔵どの」

これには平蔵、なんとも答えようがない。

三

――その夜。

仙涯和尚が真妙寺に帰ったあと、平蔵は師と炉端で酒を酌み交わした。

「そうか、そのような最期であったか……」

あらためて、篠が亡くなったときのようすを報告すると、師は盃を口に運びながら、うなずいた。

「おまえは、よくよく連れ合いには縁のない男よのう」

「は、手前にかかわったおなごは、だれ一人として幸せにはしてやれませなんだ。つまずきっぱなしの男で恥じ入るばかりにございまする」

「なんの、若いころのつまずきは恥とはいわぬ。つまずいて転んで、また、起きあがるのも試練のうちじゃ」

師はこともなげに微笑した。

「転んでも、つまずいても、また起きあがるだけのしぶとさがのうては生きてはいけぬ。平坦な道ばかり歩いているのでは男は強くはなれぬぞ」

師はふかぶかとうなずいて遠い目になった。

「おなごはあまりつまずいてばかりいると身を滅ぼしかねぬが、男はつまずいては転んで、また起きあがることで強くなるものよ」

師は盃を口にふくみつつ、平蔵にチロリの酒をさした。

「たしか、神谷の家を出て長屋住まいをしていたころ睦みおうた子連れのおなごは、縫とかもうしたの」

「よう、ご存じで……」

「わしは逢うたことはなかったが、伝八郎によるとよくできたおなごだったそうじゃの」

「は、いかにも……心根のやさしい、芯の強いおなごでした」

「うむ……その子がなんでも、いまの磐根藩主じゃそうだの」

「はい……縫の子ではのうて、藩の御家騒動から守るため、おのれの子のように装うて江戸に潜んでおったようです」

「うむうむ……おまえはよくよく磐根藩とは縁が深かったらしい。二度目のおなごも磐根藩士の娘で、たしか文乃とかもうすおなごじゃったな」

どうやら、師にはなにもかも筒抜けだったようだ。

「二人とも武家のおなごゆえ、きりりとした気性ながらおなごらしい優しさもあった。伝八郎めが羨んでおったものよ」

「………」

「ふふふ、おまえもなかなかの艶福者じゃ。その文乃が磐根に去って間もなく、九十九の里から波津を連れてまいったときは、やれやれ、これで平蔵のおなご遍歴(へんれき)もおわったかと安心しておったがのう」

「なんとも、はや、いろいろとお心を煩(わずら)わし、面目次第もございませぬ」

「はっはっは……なにを恥じることがある。男はおなごによって鍛えられ、おなごは男によって磨かれる。おなごは男の合わせ鏡のようなものよ」

　師はおおきくうなずいた。

「天下泰平はよいが、日々平穏も長くつづけば倦(う)んでくる。城勤めをしておる武士の妻などは亭主の臀(しり)をたたかぬまでも、腹のなかでは少しは気張って出世なされませぬかと思うておるにちがいない」

「よう、ご存じですな」

「なんの、武家ばかりか町人の女房とておなじようなものじゃぞ。日々懸命に汗水流して稼ぎに出ていく亭主の臀をたたいては、もっと精出して稼いでこぬものかと内心ではきりきりしておるはずじゃ」

「ま、たしかに……」

「なにせ、人というのは欲という皮衣(かわごろも)に手足をつけたような生き物ゆえ、連れ添って十年二十年たっても何ひとつ代わり映えせぬ日々では倦んでこよう」

師は盃をおいて、ふふふと含み笑った。

「おのれの連れ合いが、ただ食い扶持(ぶち)を運んでくるだけの男と思えば、夫婦の睦みあいも味気のないものになろうというものよ」

「…………」

「篠が不帰の客となったのは哀れじゃが、人は早かれ遅かれ、いずれは死んで舎利(しゃり)となる定めじゃ。不帰の客となったものを振り向いてなんになる」

師の言葉が鋭く、ぐさりと平蔵の胸に突き刺さった。

「ふり返るな、平蔵。過ぎた日々は二度と戻りはせぬ」

語気は穏やかなものだったが、平蔵にとっては、ひさかたぶりに接した師の叱咤(しった)でもあった。

四

しばらくのあいだ、二人は無言のまま、酒を酌み交わした。

師は茫洋(ぼうよう)と夜の闇に目を遊ばせていたが、やがてぼそりとつぶやいた。

「人の命などはせいぜいが生きて五十年、夢まぼろしのようなものよ」

「…………」

「わしはな、とうから、わしが死んだら骨にして目黒川に流せと、お福にいうてある。坊主の経文もいらぬ。むろんのこと戒名や墓など無用、弟子どもに知らせるのも無用のことよ。人の世は生きてあるもののためにあるものゆえな」

佐治一竿斎は盃の酒を飲みほしながら、ひたと平蔵に目を向けた。

「ことに剣士などというのは明日をも知れぬ定めじゃ」

「はい、たしかに……」

「いまさら引き返すわけにもいくまい。ならばまっしぐらに思うがままに生きよ」

「…………」

「わしは道場を離れるとき、おまえにわしの跡を継がせようかとも思うたが、おまえの剣は抜き身の刃とおなじで、弟子どもが尻込みして寄りつかぬ必死剣じゃ」

師の目が斬りつけるような鋭い眼差しになった。

「おまえは敵と対峙したときは瞬時も隙をみせず、斃すまではゆるまずに攻めを貫く。道場で門弟どもを相手に竹刀でうまくあしらいながら稽古をつけるには不向きな剣じゃ」

「恐れ入ります」

たしかに平蔵は、門弟に稽古をつけるときでも手加減をしたことがなかった。

「なに、責めておるのではないぞ。ただ泰平の世には向かぬというだけのことでの」

「…………」

「ま、天下は泰平無事に越したことはないが、戦うためのはずの侍が、算盤侍や、威張ることしか能がない我意我欲の侍ばかりになってしもうては、扶持をあたえて飼うておく値打ちもないわな」

佐治一竿斎は憮然とした表情になって、ふたたび目を庭木に遊ばせた。

「もともと侍の腰の物は戦いのためのものじゃったが、いまの侍は竹刀を振り回すだけで、真剣を抜いたこともない輩ばかりとなりはてた。今の道場剣術は商いの道具じゃ。そちの剣とは無縁のものよ」

師は吐き捨てるようにいった。

「いまどきの侍など刀が重くて腰がふらついておるし、研師も客が減って欠伸をするような、ご時世じゃ」

江戸五剣士に数えられた師の顔に寂寥が漂った。

平蔵は七歳のとき幼馴染みの矢部伝八郎とともに佐治門下に入門したが、そのころの佐治道場の稽古は容赦のないものだった。

毎日、二人とも兄弟子に容赦なく面、胴、小手、突きをかまされ、青痣だらけになったが、一日も休まず通いつづけた。

その甲斐あってか、十年目には目録を、十二年目には免許皆伝を許された。

伝八郎も半年遅れで平蔵に追いつき、二人して佐治道場門下の竜虎と呼ばれるようになったのである。

しかし、天下泰平の世では剣道場に通う弟子もすくなくなり、剣術で飯を食うのは年ごとにむつかしくなっている。

師はぐいと盃を干すと、平蔵に渡し、チロリの酒をついでくれた。

「そちが医術を学び、人の病いを治癒する道を選んだのは泰平の世にはふさわしいことじゃと思うておる」

「いや、それさえも、いまだに未熟者ゆえ、日々あたふたとしておる始末でござる」

「なんの、人はだれしも生涯未熟者よ」

師はこともなげに一笑した。

「未熟ゆえ、世渡りの道に迷い、おなごに迷い、あたふたとする。だからこそ人は愛おしい。なまじ悟ったようなことをぬかすようなやつは胡散臭いものよ」

「………」

「この、わしとて耳順を過ぎて、いまだに生臭く迷いつづけておる始末じゃ。おまえなど、まだ三十路過ぎの青二才よ。迷わずしてなんとする。人は死ぬるまで迷うて、迷うて、迷いぬく生き物よ。おおいに迷え。迷うがよい」

平蔵、なにやら胸のつかえがすとんとおりたような思いがした。

夜は深沈と更けて、虫のすだく声が聞こえてくる。

「さ、飲め、平蔵……今宵は存分に飲みあかそうぞ」

師はチロリの酒を平蔵にさし向けた。

「わしはな。若いころ、室町のころに編まれた閑吟集という古い歌を集めた書物を読んだことがある。そのなかにの、いまだに胸にしみついて忘れられん一句があった」

師は遠い目になって、つぶやくように口ずさんだ。

「何しょうぞくすんで……一期は夢よ、ただ狂え」

「何しょうぞくすんで、一期は夢よ、ただ狂え……ですか」

平蔵も鸚鵡返しにつぶやいてみた。

「うむ。詠み人は室町の足利幕府のころのおひとらしいが、なんとのう、胸にしみいる歌じゃろう」

「は、いかにも……」

「燻るな、平蔵。ひとの命など所詮は水の泡のように儚いものよ。……一期は夢ぞ。ただ、無二無三に狂うがよい」

「は……」

師の恩情がひしひしと骨身にしみいった。

五

——その翌日。

平蔵は昼飯のあと、師が昼寝しているあいだに、腹ごなしの散策に出かけた。

晴れ渡った空の下で野良仕事に励む百姓たちの姿があちこちに見える。

田圃に入って、草取りに余念がない男がいる。

土手で一服している爺さんもいれば、日よけの竹の子笠をかぶり、母親らしい女と並んで手甲脚絆に赤い紐襷をかけて働いている娘の姿も見える。

田圃の畦道で棒きれをふりまわして遊んでいる洟たれ坊主もいる。

江戸っ子は真っ白なおまんましか食わねぇと意気がっているが、このあたりの百姓たちは田植えから稲刈りまで、汗水流して働いているにもかかわらず、日頃はおそらく白い飯などは滅多に口にしないにちがいない。

――おれも、これからは心して飯を食わなくちゃいかんな……。

そんなことを思っていたときである。

彼方で怒鳴りあう声とともに女の悲鳴が弾けた。

夫婦喧嘩でもはじまったのかと思ったが、男の声に、女の悲鳴も何人かまじりあい、野次馬らしい声も聞こえる。

――なにごとだ……。

平蔵は藁草履のまま畦道を駆けだした。

細い用水路の向こうにある雑木林に沿って点在する百姓家の前で、裾からげした数人の男たちが、逃れようとして懸命にもがいている十五、六の小娘を連れ去ろうとしていた。

母親らしい農婦が娘の腕をつかんで引きもどそうとしていたが、男の一蹴りをくらって脆くも後ろざまに転がってしまった。

赤い二布(ふたの)が割れて、白い内股がむきだしになった。

「へへへ、見ろよ。……ええ、おい、股座(またぐら)の観音さまがご開帳してやがるぜ」

「おお、おお……けむくじゃらの蛤(はまぐり)がぱっくり口をひらいておいでおいでしてやがらぁ」

「ちきしょう！」

女は跳ね起きると、男の足首にしがみつきながら叫んだ。

「お光(みつ)！　いまのうちに早く逃げな！　逃げるんだよ！」

「おっかさん！」

お光と呼ばれた娘が母親に駆け寄ろうとしたが、すぐさま男に捕らえられてもがいた。

すこし離れた村道に、三人の浪人者が懐手(ふところで)をしたまま佇(たたず)んでいる。

一人は酒焼けした角顔、もう一人は髭面(ひげづら)で下腹がつん出た、用心棒稼業が身についたような浪人者だった。

その一団の背後から一人だけ離れて腕組みしている侍は、月代(さかやき)を綺麗に剃(そ)り上げ、黒の紋付き羽織に熨斗目(のしめ)のきいた袴(はかま)に白足袋(しろたび)という直参らしい男のようだった。

「きさまらっ！　なにをするかっ」

怒号しながら平蔵が駆け寄るのを見て、素早く用心棒らしい酒焼けした角顔の浪人者が立ちふさがった。

「よけいな手出しは無用。こっちは借金を取り立てにきているだけのことだ」

「なんだろうが、こんな年端もいかぬ小娘を力ずくで攫っていくなど許せん」

「なにぃ……」

角顔の浪人者が刀の柄に手をかけようとした瞬間、平蔵は鞘ぐるみの一撃で浪人者の小手を強打した。

「ううっ！」

浪人者の角顔が苦痛にゆがんで刀をポロリと落とし、跳び退った瞬間、もう一人の髭面の浪人者が刃唸りのするような剛剣をたたきつけてきた。

平蔵は咄嗟にソボロ助広を抜きはなって浪人者の刀を斜めに摺りあげた。刃と刃が嚙みあい、火花が散った。

――転瞬。

平蔵は躰を斜めにひらきざま、刃を返し、たたらを踏んだ髭面の浪人者の首筋を峰打ちで強打した。

「ぐっ！」

髭面は畦道の草むらに、蛙のように四つん這いのまま頭から突っ込んでいった。

「やろうっ！」

背後にいたヤクザ者の一人が匕首を腰だめにしたまま、躰をぶつけるようにして襲いかかってきた。

とっさに躰を捻って躱しざま、躰が泳いだヤクザ者の背筋を峰打ちで強打した。

「げっ……」

ヤクザ者はつんのめって、路傍の小川に飛びこんでいった。

平蔵は目もくれず、娘を横抱きにしていた男を足払いにかけて転がすと、娘を背後に庇った。

「お光っ！」

母親らしい農婦が飛びつくように娘を両腕で抱きすくめた。

「おっかさん！」

抱きあう二人を横目に見て、裾からげしたヤクザ者の兄貴分らしい男が、懐からつかみだした紙切れを平蔵に突きつけた。

「おうおう、このあたりじゃ見かけねぇ面だが、意気がってしゃしゃり出やがって！　こいつを見てみろい。この娘の父親の吾作が書いた借金の証文だぜ！」

「なにぃ……証文だと！」

「そうよ。この小娘のおやじの吾作はな、借金で首がまわらなくなって逃げちまったのよ。こちとらはな、その娘の躰で借金を返してもらおうってだけのことよ。ええ、わかったかい」

「そ、そげなこと！」

　母親らしい女が破れた竹笠の緒を片手でひきむしり、娘を抱きしめながら叫んだ。

「あたしはなんも聞いてないよ。それに亭主はここんとこ家に帰ってきやしないもの」

　兄貴分らしいヤクザ者が口をひんまげて、せせら笑うと、ぺっと唾を吐いた。

「へっ！　おっかあは知らねぇだろうが、吾作は二年も前から内藤新宿の白首女に首ったけで、いまごろは二人でどこかにとんずらしちまってるだろうよ」

「ああ、かまやしないよ」

　母親が負けずに言い返した。

「あんなろくでなしは帰ってこねぇほうがせいせいするさ。だからって、お光はあんたらには渡すもんか」

「けどよ。証文はここにちゃんとあらぁな。いいか！　金二十両の借用証文だ」

「二、二十両……」

「おお、そうよ。みみずがのたくったような字で、ちゃんと下目ぐろ村、吾作と書いて爪印まで押してあるだろうが。ええ、おい！　おまけに娘のお光を借金のカタにすると、ここにちゃんと書いてあるんだぜ」

「ま、まさか……」

「な、期限は十日、利子は一割だから〆て二十と二両ってわけよ。期限は五日も前に切れてるんだ。な、けどよ。おめぇんちのどこを探しても二十二両なんて大金は逆さにしても出てこやしねぇだろうが！」

「そ、そげなことといわれても……」

「だからよ、ま、吾作の借金はその娘っ子の股座で返してもらうしかねぇんだよ」

　ヤクザ者はへらへらと嘲笑った。

「それによ。そのねぇちゃんもこれからは汗だくになって野良ではたらかなくてもいいんだぜ。吉原の花魁ともなりゃ朝から晩まで綺麗な絹のおべべ着て、絹の布団でおねんねするだけで楽に食ってけるんだ。ええ、おい。早いはなしが、この世の極楽ってもんよ」

証文をひらひらさせたヤクザ者の手首を平蔵が逆手にひねりあげざま、その証文を取りあげた。

「な、なにしやがんでぇ！」

「ふざけるな！　なにが極楽だ。吉原ってのはおなごの生き地獄。若いおなごの生き血をとことん搾(しぼ)りぬく蟻地獄(ありじごく)みたいなところだろうが」

「てやんでぇ！　吉原にゃ縁のねぇ痩せ浪人のくせに知ったふうな口をききやがって」

「おれは餓鬼(がき)のころからの江戸育ちだ。吉原がどんなところかは、げっぷが出るくらい知りつくしているぞ」

「な、なにぃ」

一瞬、怯(ひる)みかけたヤクザ者の鼻先にぐいと鋒(きっさき)を突きつけておいて、平蔵は証文にざっと目を通すと冷笑した。

「ははぁ、なにが証文だ……」

証文をヤクザ者に突きつけた。

「だいたいが十日で一割という法外な利子も気にいらんが、金二十両の文字自体が、どう見ても胡散臭い」

「な、なんだと！」

「いいか、この証文の文字をよく見てみろ。十の字が金と両のあいだで蟹のように平たくつぶれているばかりか、十の縦棒の墨が薄くにじんでおる。どうやら、こいつは三の一番下の横棒に縦の線をちょいと書きくわえて二十に見せかけたとしか見えぬな」

「おい！　この証文にいちゃもんつけようってのか」

「いちゃもんとはなんだ。証文をごまかして因縁つけようとしておるのはそっちのほうだろう。出るところに出れば、こんないかさまはすぐにわかることだ」

「な、なにぃ……」

「どうやら三両の借りを二十両に化けさせたんだろう。ま、おれが元金の三両と応分の利子は払ってやるから、碑文谷の佐治先生の隠宅までついてこい」

「え……碑文谷のさ、さじ」

　ふいに男の目に脅えが走った。

「あの、剣術遣いの爺さんのことか……」

「ほう、きさま、先生の名を知っているのか。ならば話は早い。おれは佐治先生の弟子で神谷という者だ。真妙寺の仙涯和尚とも親しくしていただいておるゆえ、この証文を見てもらえば白黒が明白になるだろう」

お光と母親の肩に手をかけて、じろりとヤクザ者を睨みつけた。

「野郎！」

ふいに背後から一人のヤクザ者が匕首を手に襲いかかってきたが、平蔵は苦もなく躱して鞘ぐるみの一撃を首筋にたたきつけた。

「ううっ！」

ヤクザ者は泳ぐようによろめくと、かたわらの泥田に頭から突っ込んでいった。

そのとき、それまで後ろのほうで懐手のまま傍観していた羽織袴の直参らしい侍が男たちをおしのけて前に出てきた。

「ほう、貴公が、あの神谷か……」

「なに……きさま、おれとどこかで顔をあわせたことがあるのか」

「いや、面識はないが、たしか、きさまは以前、伊皿子坂で上様を狙った尾州刺客の一味徒党を斬り捨て、瓦版にまでなった神谷平蔵とやらもうす男だろう」

「ははぁ、あの埒もない瓦版か……」

平蔵はホロ苦い目になった。

八代将軍の吉宗公がまだ紀州藩主だったころ、兄の頼みで身辺警護を引きうけた。

吉宗公と次期将軍の地位を争っていた尾州家の内意を受けた刺客の群れを伊皿子坂で撃退した一件が、後日、たちまち瓦版にまでなって、江戸市中にかまびすしく喧伝(けんでん)されたことがある。

どうやら、この侍はそのことをいまだに覚えていたらしい。

平蔵はホロ苦い目になったが、ヤクザ者も瓦版の一件は知っていたらしい。

「ええっ！　そ、それじゃ、こいつが、あのときの……」

途端に屁っぴり腰になった。

「ああ、この男は佐治一竿斎から免許皆伝を受けた剣客だ。とてものことにおまえたちの手に負える相手じゃない。ここのところはおとなしく帰ったほうが身のためだぞ」

「せ、せんせい……そ、そんな」

侍はくるっと背を返しかけた足を止めて、平蔵のほうに顔を向けた。

「わしは鏑木典膳と申す。いささか直心影流を遣う。今日はこやつらの口車に乗せられて、うかうかと女衒(ぜげん)の片棒を担がされるところだった。もはや、今日かぎり、こやつらとは縁を切ったゆえ、このまま退散するが、そのうち貴公とは、また出会いそうな気がする」

そういうと懐手をしたままで、一度もふり返ろうともせず去っていった。

羽織の背中に優雅な［夕顔に三日月］の家紋がくっきりと白く染め抜いてある。家紋は優雅だが、一癖も二癖もありそうな侍だった。黒羽織の裾を割った朱塗（しゅぬ）りの鞘が鮮やかに瞼（まぶた）に残った。

近頃、朱鞘組とかいう旗本の子弟が徒党を組んで江戸市中を騒がしていると斧田同心から耳にしている。

なんでも、両替商の甚兵衛が貸し付けた金の取り立てを引きうけては仲介料をふんだくるらしい。

どうやら鏑木典膳という男もその口らしいが、物腰からすれば剣は相当に遣える男とみた。

こやつらとは縁を切ったというものの、どこまでが本音かは知れたものではない。

なにやら面倒なことになりそうだった。

六

「ほう、その女衒の用心棒が鏑木典膳と名乗ったのか……」

佐治一竿斎はホロ苦い目を平蔵に向けた。

「ご存じよりの者ですか」

「いや、そやつとは面識はないが、鏑木家は禄高千二百石の譜代旗本で、当主は市郎右衛門というて、御書物奉行を務める無類の堅物(かたぶつ)じゃったな。わしも何度か会(お)うたことがある」

「ほう、御書物奉行といえば若年寄の支配下ですな」

「うむ。上様とも面談できるという重いお役目じゃが、たしか市郎右衛門の三男坊に剣術狂いのはみだし者がいると聞いた覚えがあるぞ」

「ははぁ、譜代旗本の倅(せがれ)で、剣術狂いのはみだし者ですか……」

「ふふふ、なにやら平蔵とよう似通うたところがあるのう」

「は……こ、これは」

「なに、堅物には得てしてそうした息子ができるものでな。たしか、そやつは御納戸町で直心影流の道場をひらいておられる岡村左内どのの愛弟子だったそうじゃ」

「なるほど、たしかに、そやつもなかなかの遣い手と見ました」

「そうであろう。岡村どのは剣の腕もなかなかのものであったが、人柄もよい篤実なおひとでの。門弟には他流試合を厳しく禁止してあったにもかかわらず、鏑木典膳は師に無断で道場破りの兵法者と立ち合い、木刀で一撃のもとに首の骨を折って死にいたらしめたゆえ、破門されたと聞いておる」

「ほう……」

「それまでは師範代をしておったそうじゃが、あまりの荒稽古に弟子が逃げ出したことも多々あったらしい」

「なるほど、それではちと道場が立ちゆきますまい」

「うむ。あのあたりは直参の屋敷がひしめいておるゆえ、そこまで厳しい稽古はせずとも、ほどほどにあしらって稽古をつけてやればよかったものをな」

「ご時世向きの男ではなかったということですか」

「ふふ、おまえや伝八郎もおなじようなもののゆえ、ちと耳が痛かろう」

「は……」

平蔵の幼馴染みで佐治門下の竜虎といわれた矢部伝八郎は剣友の井手甚内と小網町で道場をひらいているが、伝八郎は荒稽古の度が過ぎて弟子に敬遠されている。

伝八郎は荒稽古というより、井手甚内のほうが弟子に慕われているのが癪にさわるらしく、ときおり憂さ晴らしの捌け口に門弟をつかまえてはぶちのめすのだから敬遠されるのも無理はない。

道場がなんとかもっているのは井手甚内の人徳と、いまは門弟筆頭になっている成宮圭之助の人柄の賜物といえる。

「よいか、平蔵。刀というのは遣いようによっては鏑木典膳のように両刃の剣ともなるゆえ、こころしておくがよいぞ」

「これは恐れ入ります」

「鏑木家は歴とした譜代旗本じゃが、剣術狂いの三男坊では養子に出す先もなかなか見つからんじゃろう。そやつが無頼の輩の用心棒になっていてもなんの不思議もないわ」

師は部屋の隅でちいさくなっている母娘に目を向けた。

母親の名はお萬、娘の名はお光、江戸開府前からの自前百姓だという。

先祖代々、家の菩提寺が真妙寺だったため二人とも名付け親は仙涯和尚で、子供のころは真妙寺の寺子屋に通い、読み書きや算盤を習っていたという。

「しかし、お萬の亭主もしょうのないやつじゃのう。こともあろうに娘を博奕のカタにして家出しおったか」

「は、はい……」

「ま、吾作のことは諦めるんだの」

「ええ、それは、もう……帰ってこようもんなら、頭から水ぶっかけておんだしてやりますよ」

お萬は勝ち気な性分らしく、膝をおしすすめた。

「うむ。お萬はもともと自前百姓の娘で、吾作は婿養子ゆえ、庄屋を証人に頼んで養子縁組を反古にすればよかろう」

「ええ、ほんと……とんだ貧乏くじをひいちまいましたよ」

「ふふふ、まぁ、お光は器量よしゆえ、婿には困るまいが、お萬もまだ三十路になったばかりの女盛りじゃ」

師はおおきくうなずいた。

「吾作の後釜に、だれぞ働き者の真面目な百姓の伜で、婿に向いた一人者をえらんで亭主にすることじゃな。女手ひとつで野良仕事をするのはきつかろう」

「い、いいえ、せんせい、もう、男はこりごりでございます……」

「なにをもうす。俗にも二十後家は通せても三十後家はもたずというぞ。なにせ、お福も夜になると、わしの寝床にもぐりこんでくるくらいだからの」

そばにいた、お福さまが呆れ顔になった。

「よう、もうされますこと……それは、わたくしではのうて、おまえさまのほうでしょうが」

「なにをいうか。ちょいとかまいつけてやらぬと、すぐに仏頂面になるであろうが」

「もう……」

「ふふふ、ま、いずれにせよ。おなごは灰になるまでともうす。お萬も、まだまだこれからじゃ。わしがひとつ、よい亭主を見つけてやろう。お萬は三十年増とはいえ、まだ水っ気たっぷりの女盛りゆえ、相手はいくらでも見つかろう。ま、わしにまかせておけ」

たしかに師のいうとおり、お萬は小麦色に日焼けこそしているが、丸顔で愛嬌のある顔立ちをしている。

お光のほうは母親とはちがい、色白の面長で目鼻立ちもすっきりとととのった器量よしで、女衒まがいのヤクザ者どもが目をつけるのも当然だった。

「その、ならず者どもはおおかた新宿に巣くうておる明神一家のちんぴらじゃろう」

「ははぁ、つまりは博徒ですか……」

「うむ。明神一家を束ねておるのは内藤新宿で両替商をしておる信濃屋甚兵衛じゃが、こやつは仲間から大蛇の二つ名で呼ばれておるらしい」

「そやつなら八丁堀同心の斧田どのからも耳にしております。なんでも元は女衒をしておったと聞きましたが」

「なんの、看板はもっともらしくつけかえても、甚兵衛はいまだに女衒が本業の男よ」

「両替商は隠れ蓑ということですか」

「なに、両替商というのは本来が金貸しじゃから、返せぬときはカタを取る。そのカタがおなごだとすれば女衒もひとつ穴の狢ではないか」

「ははぁ……たしかに」

「女衒では看板をあげられぬゆえ、両替商というもっともらしい看板にすげ替えただけのことじゃ」

「大蛇の異名は女衒仲間がつけた仇名（あだな）でな。甚兵衛は五尺そこその小柄な男じゃが、いったん、これと目をつけた獲物は金輪際（こんりんざい）逃がさず呑み込むゆえついたものらしい」

師はお光に目をやった。

「おおかた吾作のような百姓に金を貸しつけた狙いの的は、娘のお光じゃろうな。甚兵衛は吉原の大籬（おおまがき）と太いつながりがある女衒ゆえ、お光を吉原に売りつけ、花魁に仕立てようとしたのであろうよ」

「ま……」

お光は思わず、お萬と顔を合わせた。

七

大蛇の甚兵衛は内藤新宿に［信濃屋］の屋号で看板を掲げて、両替商と口入れ屋を営んでいるが、下谷、深川にも支店を構えるかたわら、各所にいくつもの賭場（とば）を開帳しているという。

数十人の子分を抱え、恐喝、拐かしは日常茶飯事、金額次第では人殺しも引きうける極めつけの悪党だという。

「甚兵衛という男は、若いころは一人で旅まわりして女を買いつけて、遊所に叩き売る女衒だったそうじゃ」

師は吐き捨てるようにいうと口をへの字に引き結んだ。

「暮らしに困っている貧乏な百姓や小商人で、年頃の娘や器量よしの女房をもっている者には口八丁で小金を貸しつける。むろん貸すときのえびす顔、取り立てるときの閻魔顔というやつじゃな」

払えないとなると容赦なく娘や女房をカタにとり、江戸に連れてきて遊女屋に売って荒稼ぎしてきたという。

「それで稼いだ金を元手に口入れ屋の看板を掲げ、賭場もいくつも開帳し、両替屋の主人になりあがった男じゃ」

師は苦虫を嚙みつぶしたような顔になった。

「むろんのこと賭場でも金を貸し付け、娘や女房を金のカタにするという証文を書かせておいて、返せないとなると容赦なく遊女屋に売り飛ばす」

佐治一竿斎はお光に目を向けた。

「甚兵衛はどこぞでお光を見かけ、これは高く売れる女と値踏みをしたにちがいない。そうでなければ吾作に金を貸し付けるはずはなかろう」

佐治一竿斎は吐き捨てた。

「吾作を裸にひんむいても一文にもならぬじゃろうからな。そもそも吾作のような男を博奕に誘いこんだのも、お光が目当てだったにちがいないわ」

「ははぁ、まんまと罠にはまったというわけですか」

「博奕というのは負ければ負けるほど熱くなって目先が見えなくなるものよ。吾作も賭場で負けが込んで元手を甚兵衛に借りるときに、お光をカタにした証文を書かされたのであろうな」

「ふうむ。飛んで火にいる夏の虫ということですな」

「お光が実の娘ならともかく、血のつながらぬ義理の仲ゆえ、吾作もそれほど情はなかったのであろうな」

「しかし、甚兵衛のような手合いをのうのうとのさばらせているとは、町奉行所も頼りないものですな」

「なに、いまは万事が金次第。公儀の小役人どもはもとより、町方の同心や与力とて袖の下を使えばなんとでもなる世の中よ」

佐治一竿斎は舌打ちした。

「ま……」

お萬は思わず目を瞠って、かたわらのお光をかえりみた。

「でも、せんせい、お光はまだ十六のねんねですよ」

「ふふふ、十六といえば花ならつぼみの娘盛りで、しかも、お光はなかなかの器量よしではないか。甚兵衛が目をつけても不思議はなかろう。なにせ、おなごは我が身ひとつで臍下三寸に男を惑わす観音さまをもっておるゆえな」

「もう、おまえさまは……なんという下世話なことを」

お福さまが眉をひそめて睨みつけたが、佐治一竿斎は呵々大笑した。

「なにが下世話。人も毛物の仲間に変わりはなかろうが。なにせ、当節は旗本はもとより大名でさえ頭巾で顔を隠して吉原に遊ぶというからの。男の色欲というのはどうにも始末におえぬものよ」

にやりと平蔵に目をくれた。

「平蔵は若いころから岡場所にせっせと通うていたほどのおなご好きゆえ、ちと耳が痛かろう」

「は……」

「ふふふ、なにせ、男の一物は古来より不如意棒というての。意のままにならぬものと相場はきまっておる」

佐治一竿斎はからからと笑った。

「ゆえに公儀も江戸に幕府をひらいたときから、侍どもの風紀の乱れを懸念して吉原という公認の遊郭を造らせたのよ」

「あら、吉原は侍のためのものだったんですか……」

お福さまが眉をひそめた。

「ああ、なにせ、侍は血の気が多いからの。戦国の世では戦いに勝った侍が真っ先に狙うのは黄金よりも女の肌身じゃ」

「ま、浅ましいこと……」

「なにをいうか。命がけの戦いをおえた侍どもの荒ぶる血を静めるのは、女の柔肌しかあるまいが」

「もう、なんということを……」

「ふふふ、織田信長の妹の市は天下に聞こえた美女じゃったそうじゃが、信長が浅井長政の武勇を見込んで嫁にくれてやったものじゃ。その、お市の方が産んだ長女が茶々という姫御前じゃったが、茶々は太閤殿下の側室に献じられて淀君となった」

「淀君はいわば人身御供ですな」

「そうよ。淀君には二人の妹がおったが、この妹は次女がお初、三女がお江与で、いずれも天下に聞こえた美女だったそうな」

「なんと、せんせいは物知りですねぇ」

お萬が感嘆した。

「なんの、武家ならだれでも知っておるわ」

「じゃ、そのお初さまと、お江与さまはどうなったんですか」

お萬は興味津々らしく、身を乗りだした。

「聞きたいか」

「そりゃ、もう……さぞかし、立派な殿様の奥方になられたのでしょうねぇ」

「立派かどうかは知らぬが、ともあれ、次女のお初は京極高次という大名に嫁ぎ、お江与は秀忠公に嫁いだから、一番籤を引いたのは三女のお江与じゃろうて……なにせ、のちには徳川家の奥方になったのじゃからの」

「いい殿さまに惚れなさったんですねぇ」

「ふふふ、なにをいうか。大名の姫などというのは、いわば人身御供、貢ぎ物よ。

のう、平蔵」

「は、いかにも。武家では娘の嫁ぎ先は父親がきめるものときまっておりますかな。娘の気持ちなどいちいちたしかめようともいたしますまい」

「あんれ、まぁ……娘に好いた男がいてもですか」

「武家の縁組は一にも二にも家柄のつりあいが大事でしてな。十六、七の娘が三十男や四十男、ときには五十男に嫁ぐこともめずらしくありませんぞ」

「あら、いやだ……」

お萬は、かたわらのお光と顔を見合わせて身震いした。

「そいじゃ、亭主というより、おとっつぁんみたいなもんじゃありませんか」

「ふふふ、その逆に二十歳(はたち)そこそこの息子が四十過ぎの出戻り女の婿になることもめずらしくありませんからな」

「あんれ、まぁ……そいじゃ、おなごのほうは若い婿さんで歓ぶかも知れないけど、婿さんはうんざりするでしょうね」

「なに、存外、お萬さんのような年増盛りの女房に可愛がられて、夜な夜なせっせと励んでおるやも知れぬ」

「ま……」

「あら、おっかさんたら赤くなっちゃって、いやねぇ」

お光がからかった。

「なによ、もう……この子ったら！」

お萬が口を尖らせてピシャリとお光の背中をぶったとき、お福さまが茶を入れ替えてきて、串団子をすすめてくれた。

ちょうど小腹がすいていたこともあって、平蔵たちも早速、串団子を馳走（ちそう）になることにしたが、師は団子には見向きもせず、お福さまに酒を注文した。

八

平蔵は師の酒の相伴（しょうばん）をしていたが、お福さまはお萬やお光とは顔見知りとあって、お光が女衒につきまとわれていることを案じて眉をひそめていた。

「それにしても、娘を借金のカタにするとはひどい父親ねぇ」

「いいえ、あたしがバカだったんですよ。あんな男と知っていたら、婿になんぞしなかったんですけどね。庄屋さんにすすめられて、つい。ま、野良仕事の手助けになるかと思って……」

「それにしても女を売り買いする人間がいるなんて、犬畜生にも劣る外道だわね」

お福さまはどうやら女衒という商売があることを初めて知ったらしい。

「ふふふ、お福は世間知らずじゃのう」

師が呆れ顔で苦笑した。

「女衒というのは今の世にはじまったことではないぞ。源平の世に奥州の金を売り買いして長者になったという金売吉次という男も、裏では女を売り買いしていた女衒のハシリだったと聞いたことがある」

「ま……」

「考えてもみよ。金の箱は大の男でも担ぐには重いが、おなごはおのれの足で歩けるじゃろう。いうなれば歩く小判のようなものよ」

「もう、なんということを……」

お福さまが呆れ顔で師を睨んだ。

「ふふふ、ま、お福ほどの大年増になれば買い手もおらぬゆえ、心配はいらぬがの」

「いいえ、平蔵ならきっと引きとってくれますわ。ねぇ、平蔵」

「は……」

「ま、お福でも飯炊(めした)き女ぐらいの役にはたつかも知れんからな」

お萬と、お光が顔を見合わせて忍び笑いしている。

「ふふふ、ま、それはともかく徳川の世とて、昔とさして変わりはせぬぞ。権力か、銭を手にいれた男が女色を漁(あさ)る構図に変わりはないゆえな。その隙間に女衒という人買いどもが跳梁(ちょうりょう)する」

師は口をゆがめて吐き捨てた。

「なにせ、こやつらは人外の者ゆえ、手段を選ばぬ。一度目をつけたおなごはとことんしぶとく付け狙う」

師は目をお萬とお光に転じた。

「大蛇の甚兵衛などはまさしく、その人外の者じゃ。このまま、お光を諦めてひきさがるとは到底思えぬ」

佐治一竿斎は苦い目になった。

「そうじゃ、平蔵。おまえは、しばらくのあいだ用心棒がわりにお萬のところに居候(いそうろう)してやるんじゃな」

「は……」

だしぬけの師の命に平蔵も面食らった。

「甚兵衛がこのまま、おとなしくひきさがるとは思えぬ。しばらくは、このおなご二人を守ってやるがよい」

「は……」

「なにせ、吉原の楼主（ろうしゅ）や女衒というのは若いおなごの肌身をしゃぶりつくして生きているような忘八者（ぼうはちもの）ゆえな。一度、お光に目をつけたからには簡単にひきさがるはずはない。油断はできぬぞ」

「かしこまりました」

師の命とあれば否（いな）やはない。

忘八者とは「仁義礼智忠信孝悌」の人の道の外に生きる者をいう。

人身売買を稼業にする吉原の楼主や、女衒などはまさしく忘八者の典型である。

「よいか、お萬。こやつは剣術遣いじゃが、医者もしておるゆえ、用心棒にはもってこいの男じゃ。しばらくは居候させておくがよかろう」

「え……そんな、もったいない」

「なに、遠慮はいらぬ。こやつは躰だけは頑丈ゆえ、野良仕事の手伝いぐらいはできようぞ。のう、平蔵」

「は……い、いかにも」

「ただし、こやつは、おなごには手が早いゆえ、もしやすると、お萬や、お光に夜這いをかけるやも知れぬがな」

「え……」

「まぁ……」

お萬と、お光は目を丸くして平蔵をまじまじと見つめた。

お福さまは平蔵をみやって、楽しそうに冷やかした。

「おや、ま、そうなると、平蔵どのは当分は両手に花ですわね……」

「は……」

苦笑したものの、平蔵の住まいの浅草は吉原遊郭の近くにある。

忘八者といわれる吉原の楼主や女衒の冷酷非情は知りつくしている。

——やれやれ、またぞろ厄介(やっかい)なことになりそうだ……。

平蔵はひそかに溜息をついた。

第六章　無償の用心棒

一

師から、お萬とお光の用心棒を命じられた平蔵は、浅草の留守宅で代診をしてくれている小川笙船師の弟子の本間大二郎と「おかめ湯」の由紀にいきさつを文にしたため、飛脚に託すことにした。

お萬の家は下目黒村にあり、ちいさいながらも自前百姓だけに土間には竈が二口あって、土間に面した囲炉裏を囲んで板の間がある。

板の間のほかに奥には八畳間と六畳間、玄関脇に三畳の小部屋もあった。

八畳間には仏壇があり、かつては祖父母たちの居間になっていたらしい。

炉端から梯子段であがる二階には物置がわりの屋根裏部屋と隣りあわせに四畳半の小部屋までついている。

二階の小部屋は娘のお光の寝間になっていて、下の六畳間が吾作とお萬の寝間になっていたらしい。

厠（かわや）は土間の片隅にあって、風呂の焚（た）き口も厠のそばにあった。

平蔵の食い扶持（ぶち）は師が幾ばくかの金を渡してくれたので気遣（きづか）いは不用だったが、お萬は三十二の女盛りで、お光は十六の小娘とはいえ、嫁入り前の娘である。

お萬は奥の八畳間に平蔵の布団を敷いてくれて、自分はいつものように隣の六畳間で寝るという。

師の隠宅でたっぷりと馳走（ちそう）になってきたので、垢（あか）じみた煎餅（せんべい）布団にもぐりこむと、すぐに睡魔が訪れた。

その夜半、ふとしめやかな水の音がするのに気づいて目が覚めた。

——なんだろう……。

枕から頭を起こし、戸障子が開いている土間のほうに渋い目を向けた。

炉端の隅に置いてある行灯（あんどん）の淡い火影（ほかげ）に照らされて、ほのかに白い女の豊かな裸身がゆらいでいる。

女はこちらを向いて盥（たらい）のなかに片膝を立てて座りこみ、長い髪の毛を丹念に櫛（くし）で梳（す）き洗いしていた。

ときおり腰をあげては柄杓で釜のなかから湯をつぎたしている。

豊かな臀はまろやかで、腿にもみしっと脂がのっていた。

むちりとした乳房はすこしもゆるみがなく、乳首は小豆色に色づいている。

その見るからに豊満な裸身は小娘のお光ではなく、あきらかに母親のお萬のものにちがいなかった。

お萬は女にしては上背があり、腰高でのびやかな手足をしている。

お光はどちらかという小柄な躰つきで面長の類にはいり、目も切れ長だが、お萬は丸顔で、目はくりっとしていて二重瞼である。

どうやら、お光は母親より男親の血をひいているのだろう。

お萬は大柄で、野良仕事をしているせいか頸筋や手足は淡い小麦色をしているが、双の乳房から太腿にかけての肌身は艶やかに白かった。

やがて、お萬は盥のなかで腰をあげ、炉端の行灯のほうに向きなおると、絞った手拭いで濡れた躰を丁寧に拭いはじめた。

おおらかに片腕をかかげて脇の下の淡い茂みを拭いおわると、両足をおおきくひらいて、股座を丹念に拭きはじめた。

行灯の淡い火影に照らされて陰毛の茂みが黒々と見える。

お萬は毛深い質(たち)らしく、縮れた剛毛が深い草むらになって渦を巻きながら臍下(へそした)三寸までこんもりと生い茂っている。

なにやら見てはならないものを見てしまったような気がして、平蔵は背中を向けて双眸(そうぼう)を閉じた。

この家には台所の土間の隅に板張りの粗末な風呂場があって、鉄砲風呂が据えてある。

しかし、今日は師の隠宅で夜食を馳走になって帰宅したため、風呂を焚きつける暇もなかったのだろう。

——ううむ、それにしても見事なものだ。

粗末な野良着を着ているときのお萬からは想像もできない見事な女体だった。

師が「まだまだ、おまえは女盛り、これからじゃ……」と、お萬にいった言葉は当然だった。

あの豊満な肢体を見てしまったあとでは、娘のお光よりも、むしろ、亭主が夜逃げしてしまい、今は独り身となったお萬を目当てに村の男が夜這いをかけてきても不思議はなかろうと思った。

二

雲ひとつなく晴れ渡った真っ昼間の陽射しは、汗ばむほどだった。

お萬の家は稲作の田は五反余（約千六百坪）ほどあって、畑もいくらかあるらしい。

このあたりの稲田は早稲がほとんどで、ところのひとは「わせだ」とも「わさだ」とも呼んでいるそうな。

稲の生育も、刈り入れも早い。

畑には沢庵に漬ける大根と、麦や葱、青菜を作っているという。

野菜のほかに食す魚は干した鰯ぐらいのもので、塩鮭などは正月にしか食べないらしい。

味噌は畦豆を蒸して塩と麴をまぶし、発酵させて樽に保存しておくようだ。

余った米や大根などの野菜を売った銭は、古着や帯を買うために残しておくのだという。

自前百姓にしては質素な暮らしだが、それで二人ともなんの不満もないようだった。

お萬は亭主運の悪い女で、十六のときに婿に入った男は真面目な働き者だったが、お光が九つのときに流行病で呆気なく亡くなってしまったという。

お萬は女手ひとつでお光を育てていたが、二年後に庄屋の世話で婿を貰った。入り婿になった吾作は最初は働き者だったらしいが、二年とたたぬうち、内藤新宿の飲み屋の酌婦といい仲になって博奕にまで手をだすようになり、ほとんど家に帰ってこなくなったらしい。

お萬は庄屋と相談のうえ、吾作を所払いにしてもらい、当分はお光と二人で田畑を守っていくという。

「田植えや稲刈りのときは、村の衆が手助けにきてくれますからだいじょうぶですよ」

昨夜、お萬はこともなげにそういって、明るい笑顔を見せた。

お萬は虫歯ひとつない健やかな白い歯をしていた。

——気丈なおなごだ……。

すこし細面の娘のお光とちがい、お萬のほうは豊頰の丸顔だが、肌のきめはしっとりと艶があり、笑うとえくぼが出る。

ふと、昨夜、垣間見た豊満な女体を思い出した。

その、お萬は今日もお光とともに鍬を手にして、朝早くから休む暇もなく、里芋を掘っては鍬でかきよせた土で畝を盛りあげている。

——百姓の女というのは、なんともたくましいものだな……。

平蔵は掘り起こされた里芋をまとめて、畦道の脇を流れる小川の畔に運び、土を洗い落としていた。

用心棒の居候とはいえ、なにもせずにぼんやり見物しているのも気がひける。かといって、鍬で土をならし畝を盛りあげるにはコツがあって素人には難しい。

——ま、おれにできるのはこれくらいのものか……。

そう思って里芋の泥洗いを引きうけたものの、しゃがみこんでの泥を洗い落とすのもなかなかきつい作業だった。

百姓というのは食い物はほとんどが自給自足で、裏口の納屋には沢庵を漬け込んだ四斗樽がいくつもあるし、梅干しを漬けた大きな瀬戸物の甕もある。

ほかにも台所の梁には春に摘んだ薇や蕨を縄で束ねて陰干しにしてあった。

銭を出して買う食べ物は目刺しか、塩鮭ぐらいのものなのだろう。

藁草履は自分たちで編むし、着る物は古着を縫い直し、継ぎ接ぎしては着ている。

いっぽう、駿河台にある平蔵の生家は部屋数など数えたことはないが、屋敷内には馬小屋もあれば馬場もあるし、家人が住む長屋棟もある。

屋敷のお仕着せとはいえ、女中たちの着物や足袋は皺ひとつなく、帯も上物で、二日に一度は髪結いがやってきて綺麗に結い上げてくれるし、薄化粧もしている。

しかも兄の忠利などは平蔵に向かい、神谷の家名を汚すようなおなごとかかわることは許さぬ、と居丈高に厳命する。

譜代の大身旗本などというのは生まれながらに何不自由することのない身分を当然のことと思い、その食禄をささえている百姓などは虫けらぐらいにしか考えていないのだ。

——こんな世の中がいつまでもつづいちゃ百姓はたまったもんじゃないな……。

平蔵は憮然として、荷車のかたわらの土手のそばの畦に腰をおろし、休むことなく働いている、お萬とお光に目を向けた。

二人とも手拭いで頬かむりし、野良着の裾を端折り、腰をくの字に折り曲げてもくもくと働いている。

畦道を鍬をかついで通りかかった近くの百姓が、あっけらかんとした声で呼びかけた。

「お萬さんよう。吾作が新宿の水茶屋のおなごと駆け落ちしてしもうたらしいのう」

「はぁ～い。あんな道楽もんなんぞ、いなくなってくれて、さっぱりしてますよう」

お萬は手の甲で額の汗を拭い、竹笠の下から明るい笑顔を振り向けた。

「けんど、お萬さんも、まんだ、その年じゃ一人寝はさみしかんべさ。そのうち、おらが夜這いしにいってやっからよう。楽しみに待っていろや」

――あいつめ、夜這いの押し売りとはずうずうしいやつだな……。

平蔵が呆れたが、お萬の返事はあっけらかんとしたものだった。

「あんれ、まぁ、ようゆうわ。太平さんの竿は干し大根みてぇにしなびちまって、てんで使いもんになりゃしないとおかみさんがこぼしてたけどね」

「へへへっ、ようゆうわ。うちのおよねのぼんぼは水切れした田圃みてぇに干上がっちまってるだによう。おらの竿を入れる穴ぼこなんぞありゃしねぇわさ」

太平という百姓は鍬を畦道に立てると、平蔵のほうを見て顎をしゃくった。

「ところで、お萬さん。あのおひとが用心棒に来てくれたちゅうおさむらいかね」

「ああ、碑文谷のせんせいの弟子で剣術遣いだもの、うちに夜這いなんかしようもんならぶちのめされるからね」

「ふうん……けんどよ。おさむらいは剣術はいくら強くても、あっちゃのほうはどうだかわかんねぇぞ」

「ふふ、そっちのほうも強いのなんのって……なんたって、おさむらいさまは足腰の鍛えかたがちがうもの」

お萬は鍬の手をやすめて、あっけらかんとした顔で笑いかえした。

「はぁん、そいじゃ、もう、たんまり竿の味見もしてみたのけ……」

お萬は「ふふふっ」と思わせぶりな忍び笑いしてみせた。

「そりゃ、もう……こっちの腰が抜けちまうほどね」

「ふうん……」

太平はまじまじとお萬の腰まわりを物欲しげに見つめた。

「そいじゃ、ま、いまのうちにしっかり気張って可愛がってもらっとくことだのう」

「あいよう、あんたも気張って、およねさんを可愛がってやんないと、ぼんぼが水がれして干上がっちまうだによう」

「へへっ、干上がっちまったぼんぼに竿さしてもどうしようもねぇだわさ」

「けんど、たまには水くれてやんないと、村の男衆(おとこし)がおよねさんに夜這いして寝取られちまうだよう」

「いいともよう。そんだら、おらがそいつのカカァのとこに夜這いしてやるわさ」

太平という百姓はこともなげに笑いながら鍬をかつぐと、畦道を踏んで去っていった。

――あやつら、おれを出汁(だし)にして、ぬけぬけとようようわ……。

里芋を洗いながら平蔵は呆れ顔になった。

三

しばらくすると、お萬は頰かむりの手拭いをはずして顔の汗を拭いながら娘のお光に声をかけた。

「お光よう。ぼちぼちお茶にするきに、おまえもひと休みしろや」

お萬は鍬を畝に置くと平蔵のほうに歩みよってきた。

「平蔵さまも馴(な)れねぇ野良仕事でくたびれなんしたでしょう」

「なんの、くたびれるほどのことは何もしておらぬ」

「でも、野良仕事は何日もつづくと足腰にきますからねぇ」

「まあ、剣術の稽古よりきついことはたしかだな」

平蔵は土瓶からついだ番茶をすすりながら苦笑した。

「なにせ、鍬は竹刀や木刀よりも、ずんと重いからの」

「だども、ほんに平蔵さまの腕や足はよう鍛えてあんなさるねぇ」

お萬は気さくに腕をのばして、平蔵の二の腕と太腿の筋肉をぎゅっとつかみしめ、感嘆の声をあげた。

「あれ、ま、ごつごつして石瘤みたい」

「なに、近頃は滅多に道場にゆかぬゆえ、ちとたるんでおる」

「碑文谷のせんせいに聞いたども、平蔵さまは町でお医者さまもなさってるそうですねぇ」

「ああ、剣術だけでは飯が食えぬゆえな」

「へええ、剣術はどげんに強くても銭にはなんないの」

「ならん、ならん。百姓のほうがよっぽど稼ぎがいいぞ」

「けんど、真妙寺の和尚さんのはなしだと、あの佐治先生はたんまりお宝をもっておいでだそうですよ」

「ああ……なにせ、先生は何百人という弟子をもっておられた江戸でも指折りの名人だからな。大名屋敷や大身旗本の門弟も多い。おれなんかとは格がちがうし、実入りも桁がちがうからな」

「ふうん、そんなもんですかねぇ……」

お萬は野良着の襟を無造作にひらいて、手拭いで白い胸に吹き出している大粒の汗をごしごしと拭いた。

ゆるんだ襟前から汗で蒸れた肌の匂いが濃密に押し寄せてきた。

お萬のうなじはこんがりと小麦色に日焼けしているが、はだけた野良着の襟から見える胸のあたりはまぶしいほど白い。

ふと、昨夜、垣間見たお萬の裸身を思い出し、平蔵は急いで目をそらした。

「ところで、あんたのところにも夜這いがときおり来るのか」

「ええ。そりゃ、もう……しつこいのなんのって、おちおちしてられませんよ」

お萬はくすっと笑った。

「なにせ、村の男衆は秋の村祭りと夜這いぐらいしか楽しみがないですけんね」

「ほう、夜這いも楽しみのひとつか」

「ふふふ、平蔵さまだって、若いころには夜這いぐらいしたことあるでしょうが……」

お萬はなれなれしく、ぴしゃりと平蔵の腿をひっぱたいた。

「ン……まぁ、な」

「ふふ、お相手は嫁入り前のめんこい娘っこだったのかね」

「いや、よそのおなごじゃない。屋敷で雇っていた寡婦(やもめ)の女中だった」

「あンれ、ま……そいじゃ、向こうのおなごも喜んだでしょう。なにせ、おなごは三十させごろ、四十しごろだもんね」

「ふうむ。女の三十路(みそじ)はさせごろか……」

「そうですよ。十六、七は見ごろ、二十歳(はたち)過ぎれば見せごろ、三十過ぎればしたい、させたいの女盛りだもんね」

「もう、おっかさんたら……なんてことというのよ」

お光が顔を赧(あか)らめて、ピシャリとお萬の肩をひっぱたいた。

「べつにいいじゃないのさ。ほんとのことだもの」

お萬はあっけらかんとしている。

「おなごは十六、七になれば嫁にだせるけれど、男の十六、七なんか青臭くて、竿のおさめどころもわかりゃしないのに盛りだけは一人前につくからねぇ」

「ああ、お萬さんのいうとおりだ」

　平蔵は苦笑いした。

「おれもそうだったな。花街で筆おろしはすんでいたが、本当の味がわかったのは、お久という女中に一から十まで手ほどきされてからだ」

「それ、平蔵さまがおいくつぐらいだったんですか」

「む……そうよな。十六ぐらいだったかな」

「へぇえ……ずいぶんと、おませだったんですね」

「うむ。なにせ、おれは手のつけられん悪餓鬼だったからな。向こうは青臭い餓鬼が相手でさぞ迷惑しただろうよ」

「そんなことはねぇですよ。いくら夜這いでも嫌な相手なら気乗りがしませんけに、寝間の手ほどきなんかしやしませんよ」

　お萬はくすっと笑ってみせた。

「きっと、その、お久さんとかいうおなごも夜這いされてうれしかったと思いますよ」

「ふうむ。なら、いいが……」

「だって、夜這いもかけられなくなっちゃ、おなごもおしまいじゃもの」

「そんなに、ちょくちょく夜這いをかけられるのか」

「ふふ、ふ、そりゃ、もう……」

お萬はこともなげに含み笑いした。

「うちの亭主が夜逃げしたことは村の男衆はみんな知ってるだに、平蔵さまがいなくなっちまったら毎晩、追っ払うのにせわしゅうなりますっちゃ」

ふふふっと、お萬は一笑すると、気安くどんと肩をぶつけてきた。

「けんど、平蔵さまがうちにいてくださるあいだは、安心して眠れますからね」

「ははぁ、夜這いは好かぬか」

「そりゃもう、あんなものは犬のしょんべんみたいなもんだもん……」

いいさして、お萬は「あら、いやだ」と急いで手で口をふさいだ。

やはり、お萬も何度か夜這いされたことがあるらしい。

すこし離れたところに腰をおろしていたお光が忍び笑いしている。

「あたしはともかく、お光は嫁入り前ですきに傷もんにされちゃ困るものね」

「ほう。お光は婿取りさせるんじゃないのかね……」

「と〜んでもない。うちみたいな貧乏百姓のところに婿にくるような男にろくなのはいませんもんね。……もっと、ちゃんとしたところに嫁にだしてやんなきゃ、お光がかわいそうだもの」

「いやだなぁ、おっかさん。あたし、まだまだお嫁になんかいかないわよ」

お光が口を尖らせた。

「なに、いってんのよ。あたしなんか十六のときには、もう、おまえをお腹に抱いてたんだからね。おまえも傷もんにされないうちに早いところ嫁にいかなきゃ」

「もう、いやだ。やめてよ……」

お光が真っ赤になって逃げ出した。

たしかに、お萬がいうとおり、野良着に包まれたお光の腰まわりは十六の小娘とは思えない女らしい実りを思わせる。

平蔵は一町（約百メートル）ばかり向こうにこんもりと枝葉を茂らせている雑木林に目を向けながら、お萬がやきもきするのも当然だなと思った。

夏空に鳶が一羽、ゆうゆうと輪を描いていた。

四

その雑木林に樹齢百年はありそうな楠(くすのき)の大木がある。

その木陰にしゃがみこんでいた二人の男が、顔を見合わせて舌打ちした。

「ちっ、なんなんでぇ、あの野郎は……ごつい躰してやがるが、刀を差してねぇところをみると、このあいだの剣術遣いのさむらいじゃなさそうだな」

「へぇ、どうみても野良仕事の手伝いにきた近くのどん百姓みてぇですぜ」

二人は単衣(ひとえ)の裾を尻からげにし、晒(さら)しの腹帯を巻いて、足は雪駄(せった)履きという極道者の風体だった。

ともに「信濃屋」の名前を白く染め抜いた藍色(あいいろ)の印半纏(しるしばんてん)をひっかけている。

「どうするね、辰(たつ)あにぃ……」

「そうよな。あの、どん百姓だけなら、どたまぶちのめして娘っこをひっかついでずらかっちまえばすむが、あの、お萬てぇ阿魔(あま)がぎゃあぎゃあわめきやがったら、近くの畑にいる百姓どもが集まってくるかも知れねぇな」

辰あにぃとよばれた男は舌打ちして、腰をあげると裾をまくり、かたわらに鬱蒼と枝葉をひろげている楠の大木に向かって小便をひりはじめた。

「しょうがねえ。昼間は目立ちすぎる。出直したほうがよさそうだな」

「どうでも、あの娘を手にいれねぇとなんねぇんですかい」

「ああ、親分の目利きによると、なんでも、あの、お光って娘は吉原の大籬なら三百両の高値でも買ってくれる上玉らしい」

「さ、三百両！」

「ま、それだけ元手をかけるとなりゃ、吉原じゃ、もっともらしい源氏名をつけて花魁に仕立てようってんだろうな」

「へぇえ、あのしょんべんくせぇ小娘が花魁にねぇ」

「そうよ。なにせ、お頭の女の値付けは万にひとつの狂いもねぇからな。吉原じゃ黙って言い値で買うそうだぜ。おおかた、あの小娘は一年もたちゃ、こちとらは顔も拝めねぇ高嶺の花になってるんだろうよ」

辰あにぃと呼ばれたヤクザ者は長小便のしずくをはらって、ぺっと唾を吐いた。

「とにかく、今日のところはひきあげるしかあるめぇな」

「へ、へぇ。けど、あの小娘が吉原の花魁にねぇ……そんなに、いい女ならいっぺん抱いてみてぇもんだな」

「馬鹿野郎！　吉原の大籬の花魁ともなりゃ、客は藩の留守居役や大身旗本か、日本橋あたりの大店の主人ぐらいじゃねぇと洟もひっかけてもらえねぇんだよ。おめぇなんかが下手にちょっかいだしてみろ。ぶちころされちまうぞ」

「わ、わかってますよ。けど、花魁てぇのはそんなにたいしたもんなんですかね」

「そりゃそうよ。なにしろ初会は花魁が座敷にちょいと顔を出すだけで何十両もふっとんじまうそうだぜ」

「げっ、おねんねもしねぇで何十両もふんだくるんですかい……」

「そうよ。床入りなんぞは裏を返すまでお預けよ。お職を張る大夫ともなりゃ、気にいらねぇ客なんぞは裏を返しても平気で袖にするらしいぜ」

「へっ、そいじゃバカバカしくてつきあっちゃいられませんねぇ」

「そうやって、もったいをつけりゃつけるほど花魁の格があがるのよ」

　辰あにぃは口をへの字にひんまげた。

「ま、絹のおべべを何枚も着込んでよ。頭に鼈甲の櫛や珊瑚珠の簪をつけた花魁と絹夜具でしっぽりおねんねするのが、吉原の客にとっちゃこたえられねぇんだろうな」

「へぇえ、女なんてのはすっぽんぽんにひんむきゃおんなじようなもんですがねえ」

「ちっ、おめぇにかかっちゃ味噌も糞もいっしょだな」

「へへへ、そんなこたぁありませんや。こう見えたって、あっしもあっちこっちでいろんな女を抱いてきていますぜ」

「ふふ、おめぇの好みは聞かなくったってわかってらぁな。そんなことより、ともかく、お頭の面子にかけても、あの娘っ子にゃ掠り傷ひとつつけねぇで手にいれなきゃならねぇのさ」

三下に顎をしゃくった。

「ともかく、こうあちこちで百姓が野良仕事をしていやがると、娘をひっかついで連れてゆくってぇわけにゃいかねぇ。仕切り直しとするか」

「へ、へい……」

五

甚兵衛は小柄で、その双眸は見るからに優しげな男である。

内藤新宿に［信濃屋］の看板をかかげて両替商を営むかたわら、江戸市中のあちこちで口入れ屋もしている。

若いころは関東から甲信越を旅まわりしては貧しい百姓や小商人に小金を貸しつけ、払えなくなるとカタにとった娘や女房を花街の遊女に売りとばしてきた男である。

甚兵衛は指先ひとつで女の品定めをし、値付けもする。

客が好む女は器量のよしあしもあるが、むしろ客あしらいと床上手にあることを甚兵衛は熟知していた。

甚兵衛が高値をつけた女は吉原の大籬でも競って高値で引き取ってくれる。

その夜、永代寺門前町の店では五つ（午後八時）に店じまいし、奥の広間で手下の女衒たちが買い集めてきた女を甚兵衛みずからが品定めしていた。

集められた女は十五、六の小娘から、二十五、六の年増までが七人、いずれも粒よりの器量よしばかりだった。

甚兵衛は長火鉢の前で、太い毛脛あぐらをかいて長煙管を手に、目の前に身をすくめて座っている七人の女を見渡した。

女たちは紅絹の湯文字を腰に巻きつけた上から白い絹の肌着を身にまとっているだけだった。

背後の丸行灯の灯りが女の裸身の曲線をあますところなく透けて見せている。

女の背後や左右には鋭い目つきをした子分がひかえている。

「おい、芳造。そこの年増はいくらで仕入れてきたんだ」

甚兵衛は右端の子分を煙管でしゃくった。

「へい。亭主が賭場で借りた金が二両二分でやしたんで、利子をいれて〆て四両二分になりやす」

「ふうむ。ちと年は食っているがお面がいいから振新ぐらいには使えるだろう」

振新とは振袖新造のことで、個室はなく大部屋で雑居し、客をとるときは廻し部屋で客と寝る。

「おめぇ、ちょいとここに来てみな……」

煙管の先で手招きした年増が腰をあげて甚兵衛の前に歩みよると、甚兵衛は煙管の吸い口で無造作に肌着の前を割り、手を女の股座にさしいれた。

「あ……」

女が羞じらって、思わずしゃがみこんだ途端に、甚兵衛の指先がずぶりと容赦なく股間にもぐりこんだ。

女は身悶えして腰をよじり、太腿をぎゅっとしぼる。そのしぼり具合で甚兵衛は秘所の良し悪しをたしかめるのである。

「ふうむ……壺の締まり具合もなかなかのものだ。亭主と所帯をもって何年になる」

「さ、三年になります……」

女はひしと目を閉じながら、消え入るような声でつぶやいた。

甚兵衛は煙管で女の肌着の襟をひらいて乳房を手でやわやわとつかみしめた。女は観念しきったように目をとじたまま、なすがままになっている。

「うむ。乳もたるんじゃいない。どうやら子を産んだことはないようだな」

甚兵衛は両手で女の腰をつかんで後ろ向きにさせると、臀の肉をやわやわとつかんだ。

「よしよし、臀の肉づきもまずまずだ。これなら振新ぐらいにはなれるだろう」

ぴしゃりと女の臀をたたいて押しやると、隅のほうでちいさくなっている小娘を目でしゃくってみせた。

「芳造。あの隅の小娘は十六だといったな」

「へい。甲府(こうふ)の百姓娘でやすが、まだ男とは一度もつるんだことはねぇようですぜ」

「ふうむ、そいつはどうだかわかったもんじゃない。親兄弟にはないしょで野良のくさむらで男とつるんでたってこともめずらしくはないぞ」

「へ、へい……」

甚兵衛は小娘を手招きすると、ぐいと手首をつかんで手元に引き寄せた。

「あ……」

脅(おび)えて身を竦(すく)ませた小娘の肩をつかんだ甚兵衛は腕をのばして乱暴に臀をつかみしめ、股間に手をさしいれた。

小娘は震えながら双眸をぎゅっと閉じて甚兵衛のなすがままに身をまかせている。

「うむ。臀のふくらみもよし、壺もようしまっているな。……器量も悪くはなし、これなら大文字屋あたりに売りこめば初床の水揚げを引きうけようという客はいくらでもいるだろうよ」

甚兵衛は満足そうにうなずいた。

六

――その翌日の夕刻。

新宿白銀町にある料理屋［高砂］の離れ座敷で信濃屋甚兵衛は新宿陣屋の代官、小池庄三郎を接待していた。

「ところで、信濃屋。その、お光とやらもうす百姓の小娘は吉原の大籬で花魁になれるほどの器量よしなのか」

「いえね、小池さま。ただ、器量がいいというだけじゃ花魁にゃなれませんのさ」

「ふうむ。そんなものかのう……」

「そりゃもう、おなごもピンからキリまでございましてね。なんとか小町とよばれる娘は江戸にもわんさとおりやすが、なまじ江戸のおきゃんな町娘よりも、田舎の土臭い百姓娘のほうがあつかいやすくて磨けば玉になるような女がいるものですよ」

甚兵衛はにんまりとうなずいて、目を細めた。

「お光を見つけてきたのは手前のところの清助という男ですがね。……五つ六つのころから寺子屋に通って読み書きもそこそこにできやすし、野良仕事をしておりやすが、臀つきがよく、肌に練り絹のような色艶がありやすんで、へい」

「肌の色艶はわかるが、臀つきがいいとはどういうことだ」

「さぁ、こいつは一口にゃいえませんがね。おなごの値打ちは腰まわりできまるもんでしてね。臀が手鞠(てまり)のように形よくふくらんでいて、小股がきりりと切れ上がったような女とでもいいやすかねぇ」

「ふうむ……どんなおなごか一度抱いてみたいものだのう」

「へへへ、いくら小池さまでも、そうはまいりませんや。なにせ、相手は吉原の大文字屋ですからね。もう、手前は百両の手付け金までもらってありやすんで、傷ひとつつけずに送りこまなくっちゃ、信濃屋甚兵衛の顔が立ちません」

　甚兵衛は盃を置いて、襖(ふすま)のほうにポンポンと両手をたたいてみせた。

　待っていたように襖があいて、女将(おかみ)が顔を出したかと思うと、吉原の遊女並みに美々(びび)しく着飾った二人の女がしなやかな腰つきではいってきた。

「小池さま。この二人はつい先月までは吉原で左褄(ひだりづま)をとっておりやしたんで、ちょいと年は食っておりやすが、なに、まだまだ水っ気たっぷり、床あしらいもなかなかのものでございますよ」

「うむ、うむ、二人ともなかなかの美形じゃのう」

裾さばきも粋（いき）に左右に寄りそった遊女を見やり、小池庄三郎は好色な目つきで品定めをした。

「右側が染菊（そめぎく）、左側が梅川（うめがわ）ともうしましてな。二人とも吉原の丸亀屋（まるがめや）で振袖新造をしていた女でございますよ」

「ほう……吉原で振袖新造をしていたとあれば、深川あたりの花街にいけば見世の看板にもなれるだろう」

「そりゃ、もう……二人とも年季明けで、ちょいと年を食っちまったんで、丸亀屋からあっしが引きうけてきやしたが、なんのなんの、まだまだ女盛りでございやすよ」

甚兵衛はにんまりして、二人の遊女に目をやった。

「いずれにせよ、深川あたりに出せば掃きだめに鶴（つる）ってことになることはまちがいなしでしょうな」

「ううむ……さも、あろう。いずれも甲乙つけがたい美形じゃ」

小池庄三郎は染菊と梅川を眺めて満足そうにおおきくうなずいた。

「ところで、その、お光とやらもうす百姓娘は、いつ吉原に送りこむつもりじゃな」

「へい、大文字屋には一日も早くとせっつかれておりますので、両三日のうちにはなんとかカタをつけるつもりでおりますが、なにせ、向こうには例の碑文谷の佐治一竿斎てぇ剣術の名人が肩入れをしているとやらで、少々手荒い真似もしなければなりませんので、そのあたりは小池さまも目をつむっていただかねばなりますまい」

「わかった、わかった。新宿界隈（かいわい）なら多少の荒事ぐらいは見逃してやろう。ただし、下目黒村からうまく連れ出せるのかの」

「そのあたりのことはご心配なく、朱鞘組のお頭に渡りをつけましたので……」

甚兵衛は自信たっぷりにうなずいてみせた。

「朱鞘組の方々は公儀直参の旗本や御家人の御子息ばかりですが、脇腹や次男、三男や四男ゆえ養子に出されるしかない、俗にいう冷飯食いのご身分……」

「ははぁ、冷飯食いが気にくわない臍曲（へそま）がりぞろいというわけか」

「はい。どなたさまも素行芳（かんば）しからずというので屋敷に出入り禁止になったのに腹を立てられて、これみよがしに腰の物を朱塗りの鞘にかえたという肝（きも）の座った方々ばかりでございますからね」

「ふうむ……直参で腰の物を朱鞘にするとはよほどの拗ね者だの」

小池庄三郎は不快げに眉根に皺を寄せた。

公儀直参はもとより、諸藩の藩士たちも黒蠟の塗鞘で、柄と下緒は黒糸を使用するのが武家の作法となっていたからである。

朱鞘や蛭巻きの鞘を使うのは禄を離れた浪人者で、しかも仕官をする気がなく、あえて奇をてらう者とみなされていた。

七

「たしかに朱鞘組の方々はお家柄や肉親にも背を向けて勝手気儘に、おのれのお好きなように暮らしておいでです。そのかわり腕に覚えのあるお方ばかりで、わたくしどもにとりましては頼もしい方々ばかりでございますよ」

「ふうむ……」

小池庄三郎はなにやら鼻白んだような顔になって、口をへの字にゆがめた。

そのとき、仲居がはいってきて甚兵衛に耳打ちした。

「うむ、それは、ちょうどよかった……」

うなずいておいて、小池庄三郎に笑顔を振り向けた。

「いま、朱鞘組の大島伝蔵さまと、曽根寅之助さまがお見えになりましたので、お引き合わせをいたします」

「なにぃ……」

「信濃屋、わしの立場もある。それは、ちと、まずかろう……」

小池庄三郎はいささか狼狽気味になって腰を浮かせた。

「なんの、ここは手前どもの店、ご懸念にはおよびませぬよ」

「う、うむ……そうかの」

そこへ、仲居に案内されて二人の武士が朱鞘の大刀を片手に姿を現した。

「おお、これは大島さまに曽根さま、このような片田舎に足をお運びいただいてもうしわけございませぬ」

「なんの、深川から猪牙舟を仕立ててきたゆえ、わけもなかったわ」

「それは、それは……ご造作をおかけいたしました」

甚兵衛が小池庄三郎に向かって二人を引き合わせた。

大島伝蔵は二千二百石の譜代旗本の次男で小野派一刀流の免許取り、曽根寅之助は八百石の譜代旗本の四男で林崎夢想流免許皆伝を遣い、居合いを得意としているという。

八

芸者の小唄と三味線(しゃみせん)にあわせて梅川が舞いを披露(ひろう)しているあいだに甚兵衛は曽根寅之助にささやきかけた。

「曽根さまは居合いの遣い手だとおうかがいしましたが、居合いというのは刀を抜く手もみせずに斬(き)るそうでございますね……」

「見たいのか、信濃屋」

曽根寅之助が冷笑した。

「ええ、それは、もう……」

「曽根。いまの信濃屋はわれら朱鞘組にとっての金主よ。ひとつ座興がわりに披露してやったらどうだ」

大島伝蔵が口の端に冷笑をうかべて顎をしゃくってみせた。

「よかろう……」

曽根寅之助はにこりともせず、甚兵衛を見すえて、朱鞘の大刀を引きつけた。

「ただし、剣は武士の表芸だからな。披露するからにはそれなりの見返りをもらうぞ」

「よろしゅうございますとも、信濃屋甚兵衛は商人でございます。手前でかなうものならなんなりと差し上げましょう」

そのとき、梅川が赤い蹴出しをちらつかせ、しなやかに腰をくねらせながら曽根寅之助の前に近寄ってきた。

曽根寅之助がかたわらの大刀を引き寄せ、片膝を立てたかと思うとキラッと白刃が閃いた。

「あ……」

みんなが呆気にとられた瞬間、鍔音とともに刃はすでに鞘に納まっていたが、舞いを披露していた梅川の扇子が二つに斬れてひらひらと舞い落ちた。

「おっ……」

甚兵衛が目を瞠ったとき、立ちすくんでいた梅川の帯が真っ二つになってずるずるっと滑り落ちてしまった。

「あ、あ、あっ……」

梅川は着物の前をおさえたまま、その場にしゃがみこんだ。

「信濃屋。約束通り、この女の身柄、それがしが貰いうける」

曽根寅之助は刀を腰に差して座を立つと、しゃがみこんでいた梅川の腰を両手ですくいあげて廊下に出ていった。

「あやつめ、まんまと美女ひとり攫(さら)っていきよったわ」

大島伝蔵がにんまりとした。

「いや、おどろきました」

甚兵衛は小池庄三郎に目配せすると、おおきくうなずいた。

「扇子はともかく、梅川の帯まで……それも着物はそのままとは……」

「ふふふ、なんの、寅之助にとってはほんの座興よ」

「おかげで、よい眼福(がんぷく)をさせていただきました。あのお方にならおなごの一人や二人……ええ、もう、梅川に熨斗(のし)をつけてさしあげたいくらいでございます」

「ところで、信濃屋……」

大島伝蔵が盃を干しながら、鋭い目を甚兵衛に向けた。

「われらを招いたのは、侍を一人始末して欲しいということだの」

「仰(おお)せのとおり、下目黒村の百姓家に居候しております神谷平蔵とやらいう医者くずれの浪人者でしてな」

甚兵衛は懐から一分銀を二十五両ずつ和紙で封印した包みをふたつ、つかみだして大島伝蔵の前に差しだした。

「いかがでございましょう」

「よかろう。それにしても、たかが浪人者一人に五十金とは気前よくはずんだものだのう。なに、寅之助の夢想流なら朝飯前に片づけられよう」

大島伝蔵はふたつの包み金を無造作に懐にねじこんだ。

「それはそうと、このところ、鏑木典膳さまのお姿が見えないようでございますが」

「ふふふ、あやつは臍曲がりのうえに浅草寺の二十軒茶屋で茶屋女をしておる美鈴というおなごにぞっこん惚れられてな。われらのところにはとんと顔も見せんわ」

「ははぁ、茶汲み女ですか……」

「茶汲み女というても英一蝶が当世美女十人にえらんだほどの女だからのう」

「ほう……英一蝶の目にとまるほどのおなごに惚れられるとは……鏑木さまも男冥利につきまするな」

英一蝶は狩野派の絵師だが、多賀朝湖の画名で枕絵に筆を染めたことで時の幕府の咎めを受け、三宅島に遠島されたことがあった。

三宅島からもどってから画名を英一蝶に変え、菱川師宣などとともに浮世絵師として艶麗な筆をふるっている。

「うむ。あの美鈴というおなごは、ただ器量よしというだけではのうて、武家育ちだけに物腰にも品があるからのう」

大島伝蔵はホロ苦い目になって舌打ちすると、盃の酒をぐいと飲み干した。

「なにせ、あやつはどういうわけかやたらと女にもてる。ま、いまごろは美鈴の膝枕でのうのうと昼寝でもしながら邯鄲の夢を見ておることだろうよ」

盃をおいた大島伝蔵はかたわらの染菊の肩をぐいと抱きよせるなり、襟ぐりに腕をさしいれ乳房を探りとった。

「あれ、そのような……」

身をすくめた染菊の腰をすくいあげると腰をあげた。

「ふふふ、おれも典膳や寅之助にあやかって邯鄲の夢を見るとしよう」

第七章　はみだし者

一

美鈴は浅草寺境内にある「二十軒茶屋」のひとつ「夕月」で茶汲み女をしている。

二十軒茶屋にはそれぞれ看板娘がいて、客はそれを目当てに通ってくるものが多い。

看板娘はほとんどが二十歳前の娘だが、美鈴は二十三になっても店のほうが手離そうとしなかった。

美鈴は浮世絵にも描かれたほどの器量よしで姿もいいが、笑顔になんともいえない愛嬌があった。

一杯の茶は八文が相場だが、美鈴が目当てで通ってくる客のなかには百文も置いて帰る者もめずらしくない。

だからといって手を握るわけでもなし、ましてや、通りすがりに素早く臀を撫でたりするようなずうずうしい客はいなかった。

そういう客は野暮天といわれ、ほかの客からつまはじきにされる。

ただ、なかには二朱銀や、ときには一分銀を包んだ紙を素早く帯に挟んだり、袂にいれたりする男も結構いる。

しかし、美鈴はさりげなく盆のうえにもどしてしまう。

――いいじゃないの、くれるっていうものを返すことはないわよ……。

朋輩のなかにはそういうものもいる。

そういう客はかならず、雷門の前で待ちかまえていて、飲み屋か船宿に誘って口説こうとするのがみえみえだった。

暮れ六つ（午後六時ごろ）の鐘が鳴ると、二十軒茶屋は簾を畳んでバタバタと店じまいにかかる。

――その日。

美鈴は店を出ると、広小路の小間物屋で櫛と簪を買ったため、すこし遅くなった。

美鈴の住まいは山谷堀の北、今戸町（いまどまち）にある惣右衛門店（そうえもんだな）と呼ばれている裏長屋だった。

家主（いえぬし）の惣右衛門は表店で搗（つ）き米屋をしていて、裏長屋の差配もしている。

木戸を入ると右側に九尺（くしゃく）二間（にけん）の腰板障子の裏店がずらりと並んでいて、住人は大半が一人者の職人か担（にな）い売りの小商人（こあきんど）だ。

共用の井戸と惣後架（そうこうか）を挟んで反対側には二階建ての長屋があり、一階は六畳間と四畳半の部屋を挟んで台所と内厠（うちかわや）、二階には物干し場と六畳間があるちゃんとした借家になっていた。

一人者が多い裏店の家賃は銭五百文、一日あたり十七文、蕎麦（そば）一杯分と安いが、二階建てのほうは家賃も月に金一両二朱と高い。

しかし、美鈴は月に四両から五両は実入りがあるし、内厠と物干しがついている二階建ての借家が気にいっている。

ことに、いまは鏑木典膳という思い人がいる身である。

板壁一枚の長屋では閨（ねや）の睦言（むつごと）も筒抜けになってしまうし、男の下着を干すにも物干しがついている借家がいい。

二

美鈴は御家人の次女だったが、十六のとき、鏑木家に内女中として奉公した。

そのころ、三男の典膳は五つ年上の二十一歳だった。

典膳は日々、剣術道場に通っているため、肌着や稽古着の洗濯は美鈴の係になっていた。

汗みずくの肌着や褌を洗うたび、典膳の稽古の激しさが手にとるようにわかる。

同輩の女中たちは親兄弟と折り合いのわるい典膳を敬遠していたが、美鈴はぶっきらぼうな典膳を好ましく思っていた。

肌着がほつれていると、干したあとで針で繕ったりもした。

ある日、褌を洗っていたとき、典膳がやってきて簪を美鈴にくれた。

「いつも、おまえがおれの下着を洗ってくれているそうだな。嫁入り前の娘なのに汚れ物を洗わせてすまぬ」

ぶっきらぼうにそういうと、にこっと笑って去っていった。

その笑顔が目の底に焼きついて、夜になっても思い出すたび躰の芯が熱くなった。

この屋敷で女中を叱る者はいても、礼をいうものなど一人もいない。

ましてや、わざわざ女中のために簪を買ってきてくれるなどという優しい心遣いをしてくれたのは典膳だけだった。

それからも、典膳は屋敷の廊下で美鈴と顔をあわせるたび、笑いかけてくれた。

女中のなかには屋敷の若い家士と通じているものもいて、夜中に庭で忍びあったり、空き部屋で密通しているものもいた。

品のいい長男や、遊び好きの次男の噂はするが、ぶっきらぼうな典膳は使用人のだれからも疎んじられていた。

美鈴が十八のとき、典膳は師範代を務めていた道場で、道場破りの浪人者を木刀で撃ち殺して破門になった。しかも、父親から屋敷への出入り禁止を命じられたのである。

その日、美鈴が離れに膳を運んでいくと、典膳は暗い目で天井を見あげていたが、美鈴を見るとむくりと起きなおり、いきなり腕をのばして抱きしめてきた。

美鈴はおどろいたものの、抗うことなく典膳の胸に顔を埋めた。

怖いとはすこしも思わなかった。

「おまえだけだな。この屋敷でおれに優しくしてくれたのは……」

その声音にはなんともいえない孤独感が漂っていた。

「おれは今夜、屋敷を出る。鏑木の家とは縁を切る。二度ともどってくるつもりはない。おまえとも、もう二度と逢えぬようになるだろう」

「いや……いやです、そのような」

美鈴はひしと典膳にすがりついた。

「わたくしも、ごいっしょにまいります」

「なにをいう。おまえは嫁入り前の娘じゃないか」

「いいえ、わたくしは嫁になどまいりませぬ。若さまがお屋敷を出られるのなら、わたくしもごいっしょにまいります」

「馬鹿なことをいうな。そんなことをすれば親御が悲しもう」

「かまいませぬ。家にもどっても母はもう亡くなりましたから、嫂から白い目で見られて、すぐにまた、どこかに奉公にだされるだけですもの」

「ふうむ……」

典膳はまじまじと美鈴を見つめていたが、ふいに顔を伏せて口を吸いつけてきた。

「…………！」

はじめての口づけに、美鈴は戸惑いと羞じらいで思わず全身が硬直してしまったが、すぐに抗いようのない歓びがこみあげてきて夢中で典膳に縋りついていった。

やがて、典膳の手が美鈴の襟を割って乳房をつかみとりにきた。

美鈴は膝をくずし、全身のちからをぬいて男のなすがままにゆだねた。

しばらく典膳はぎこちない仕草で美鈴の乳房を愛撫していたが、やがて乳房をつかみしめていた手が、美鈴の裾を割って侵入してきた。

典膳は片手で美鈴を抱きしめつつ仰臥させると、口を吸いつけながら膝を割って美鈴の内腿にふれてきた。

恥ずかしさと戸惑いが混濁するなかで、美鈴は典膳に抱きついていった。

――その深夜。

美鈴は同輩が目をさまさぬようにそっと起きだすと、庭に出て裏木戸にまわり、身支度をととのえてきた典膳を外に送りだした。

それを見ていた家士の通報を聞いた当主の市郎右衛門は、美鈴を自室に呼びつけた。

美鈴はどんな折檻でも受ける覚悟だったが、市郎右衛門は意外にも咎めだてもせず、五十両の金を渡し、典膳のことをくれぐれも頼むぞと言って白髪頭をふかぶかとさげた。

美鈴は生家にもどると、父に一部始終を話したあと、家を出て今戸町の惣右衛門店に家を借り、浅草寺の二十軒茶屋の茶汲み女になったのである。

美鈴と再会した典膳は屋敷にいたころとすこしも変わらず、美鈴を愛おしんでくれた。

ただ、間もなくして典膳が朱鞘組などという連中の仲間にはいったことだけが、美鈴の唯一の不安の種だった。

仲間はいずれも大身旗本の息子ばかりだったが、だれもが目つきが険しく、粗暴なふるまいをして人びとを脅えさせる。

だが、町奉行所の与力や同心も身分を憚ってか、咎め立てすることはない。

そのうち何かよからぬことが起きるような気がして、美鈴は不安を覚えていた。

しかし、美鈴といっしょのときの典膳は初めて抱かれたときとすこしも変わらず、優しくしてくれる。

美鈴にとって典膳は初めての男でもあり、何ものにもかえがたい存在だった。

三

暮れ六つの鐘が鳴るころ、浅草寺界隈（かいわい）の土産物売りの店はバタバタと戸締まりをして店じまいにかかる。

かわって赤提灯（あかちょうちん）に灯がともされ、縄のれんの一杯飲み屋が活気づき、赤い襷（たすき）がけの酌取（しゃくと）り女が黄色い声をはりあげて客を迎える。

そんななか、美鈴は浅草寺の脇門を抜けて山之宿町（やまのしゅくまち）に出ると今戸橋を渡り、山谷堀北の惣右衛門店の我が家に向かった。

途中、馴染（なじ）みの豆腐屋によって油揚げとがんもどきを買い、八百屋で青菜、魚屋で鰯（いわし）を二匹買った。

典膳は屋敷にいるころは鰯や秋刀魚（さんま）などは食べたことがなかったが、町家住まいをするようになってからは鰯のうまさを覚えたらしい。

油揚げを焼いて醤油をジュッとかけたのを酒の肴（さかな）にだしたときも、こんなうまいものを食ったのははじめてだといった。

旗本屋敷では鰯や秋刀魚、油揚げなどは下品といって嫌われるからである。
惣右衛門店の木戸をくぐったころ、あたりはすっかり薄暮につつまれていた。
小走りに我が家に駆け込んで、駒下駄を脱ぎ捨てた美鈴は思わず息をつめた。
典膳が厳しい表情で、行灯の火影に抜き身の白刃をかざしていたのである。

「ま……」

美鈴は一瞬、息がとまりそうになり、上がり框に青菜や魚を置いたまま、立ちすくんでしまった。

「おお、美鈴か……」

典膳はゆっくりと白刃を鞘に納めると、いつものように笑顔を振り向けた。

「なに、研師にだしてあった刀が研ぎあがったゆえ、ひさしぶりに眺めていただけだ」

そういうと、懐中からつかみだした巾着を無造作に美鈴のほうにおしやった。

「ざっと二十両ほどはいっておる。おまえが、どう使おうがかまわんぞ」

「こんな大金。どうなさったのですか……」

「ああ、研師に預けてあった刀を取りにいったら兄者に出くわしてな。わしが朱鞘組を抜けたという話をしたら、父上もさぞかしお喜びになるだろうといって、この金を巾着ごと寄越したのだ」

「ま、それは……」

美鈴は巾着を押しいただきながら、

「でも、お仲間とのご縁をお切りになったというのは、ほんとうのことなのですか……」

「ああ、幼馴染みの曽根や大島には悪いが、このところ組の者は信濃屋などという得体の知れぬ者のいいなりになって無頼浪人となんら変わらぬ悪さをしておる。わしも、つくづく嫌気がさしてきたのよ」

美鈴の顔にみるみる喜色がさした。

「ようございました……」

おもわず、上がり框を駆け上がり、鏑木典膳の胸にすがりついていった。

「それをうかがって、わたくしもホッといたしました。曽根さまたちにはもうしわけありませんが、まえまえから、いつ、おまえさまの身になにか悪いことが起こるかと案じておりましたもの」

「すまぬ。わしは武芸に精進することが武士の道と思うていたが、それが報いられぬ今の世の中がおもしろくないばかりに、つい脇道にそれてしもうた」

典膳は自嘲の苦い目になった。

「いうなれば公儀に背を向けることで憂さ晴らしをしておったのよ。しかし、今の朱鞘組は信濃屋甚兵衛のようないかがわしい商人の走狗になりはててしもうた」

「おまえさま……」

「かというて、いまさら屋敷にもどることもできぬ。わしの帰るところはここしかない」

「わたくしもおなじこと……おまえさまのいらっしゃるところならどこへでもついてまいります」

「わしは宿なしの文無しだぞ」

「ご心配はいりませぬよ。わたくしがなんとでもいたしますもの」

「こいつめ……屋敷にいるころのおまえとは別人のようだの」

「わたくしも、もう二十三の年増ですよ。どんなことをしてでも、おまえさまに苦労はおかけいたしませぬ」

「そうか、もう二十三にもなったか……」

「ふふふ、そのぶん、すこし腰回りも太りましたでしょう」

「なんの、屋敷にいたころよりはずんと女っぷりがあがったわ」

「ま……」

「おい、鰯を出しっぱなしにしておくと猫にかっぱらわれてしまうぞ」

「あら、すっかり忘れておりましたわ……」

四

枕行灯の淡い火影がゆらぐなかで白い女体がうねっては狂おしく跳ねた。

「お、おまえさま……」

美鈴は薄闇のなかで、二の腕をひしと典膳の躰に巻きつけて縋りつき、双の腿を思うさまひらいて典膳のたくましい動きにこたえた。

ときおり腕をのばしては自分をふかぶかと満たしているものをたしかめた。

典膳の腰は巌(いわお)のように頑丈で、美鈴はいまにもおしつぶされてしまうようだった。

典膳は幾度となく美鈴の口を吸いつけ、耳朶(みみたぶ)を口にふくんでは歯をあてた。

その痛みが美鈴の歓びをいっそう高めてくれるようだった。

典膳の掌(てのひら)はときおり美鈴の乳房を揉(も)みしだいては、豊かに弾む臀のまるみをつかみしめてくる。

そのたびに美鈴の全身をたとえようのない愉悦が貫いた。

男と女の睦みあいに、こんな歓びが秘められていることを美鈴が知ったのは、鏑木の屋敷を出て二十軒茶屋で働くようになり、しばらくしてからである。

それまでは、ただ、孤独な典膳を癒してやりたい思いからだけだった。

はじめは苦痛でしかなかった受け身の抱擁に、このような歓びが秘められていたことを知ったとき、美鈴はもしかしたら自分が淫らな生まれつきの女なのだろうかと、ひそかな恐れさえおぼえた。

しかし、いまは自分が女に生まれてきてよかったとしみじみ思う。

たとえ、このことで地獄に堕ちることになったとしても、微塵も悔いはなかった。

男と女が駆け落ちして、心中までする気持ちもわかるような気がする。

――もし、典膳さまがそうしようといえば迷わずついていくだろう……。

ふいに典膳の動きが鋭く、せわしなくなってきた。

それにこたえるかのように美鈴は夢中で典膳にしがみついていった。

頭のなかで花火のような青白い炎が鋭くはじけた。

思わず声をあげそうになって、美鈴は典膳の胸に顔を埋めこんだ。

全身の毛穴から汗がとめどなく吹き出し、腰のあたりが甘く疼(うず)いている。

美鈴は典膳の胸に頬をおしあてながら、心地よい余韻に身をひたしていた。

このまま死んでも悔いはないと思った。

「美鈴……」

それまで天井を眺めながら美鈴の乳房をゆっくりと愛撫していた典膳が、ふいにぼそりとつぶやいた。

「おまえはどこぞで茶店か、小間物屋でもやってみる気はないか」

「え……」

「小料理屋でもいいが、おまえは酔っぱらいの客は苦手だろう」

典膳はむくりと頭をあげ、美鈴の顔を見つめた。

「え、ええ……でも、どうして、そのようなことを」

「きまっておろう。もし、おれがいなくなっても、おまえが生きていけるようにしておきたいのだ」

「おまえさま……なぜ、そのような不吉なことを」

美鈴は思わず眉をひそめ、目を瞠(みは)った。

「なにが不吉。人はいずれは死ぬる。ことに、おれのような男はいつ、どこで斬り合うて果てるかも知れぬ」

「もしや、おまえさま……」

美鈴は半身を起こし、まじまじと典膳を見返した。

「このあいだ仰せだった、神谷平蔵とかいう剣術遣いと果たし合いでもなさるおつもりですか」

過日、下目黒村で平蔵と相まみえたことを、典膳は美鈴に話していた。

「ふふ、あの男はな、剣士にはちがいないが本業は町医者だそうだ」

「え……まさか」

「ほんとうだ。それもなんと浅草の誓願寺の門前で患者を診ておるらしい」

「それじゃ、ここから目と鼻の先じゃありませんか」

「うむ……あやつも、おれとおなじで旗本の伜だそうだ。しかも、家を継いだ兄のほうは出来がよい男らしく、お城で目付をしておるらしい」

「ま……」

典膳はホロ苦い目になった。

「それでいて剣はなかなかの腕前だというから、おかしな男よ」

「おまえさま……」

「あやつは鐘捲流を遣うらしいが、無外流の風花ノ剣とやらいう奥義も授けられたという。どんな太刀筋か、一度は見てみたいと思うがな」

「おまえさま……」

美鈴は顔色を変えた。

「やはり、そのお方と……」

「いや、そうはなるまい。朱鞘組は信濃屋から大金と引き替えに神谷平蔵を斬る約束をしたようだ。朱鞘組には曽根寅之助や大島伝蔵もいるし、後ろには水野直忠も控えている。かれらが神谷平蔵を斃すようなら、それでもよい。神谷平蔵はそれまでの男ということよ」

典膳の双眸が糸のように細く切れた。

「ただし、もしも、神谷平蔵が生きのこれば、おれがやつを斬る」

「おまえさま……」

美鈴は双の腕を男のうなじに巻きしめ、しがみついていった。

「もう、そのようなこと、おっしゃらないでください……わたくし、おまえさまにもしものことがあったら生きてはいけませぬ」

美鈴は狂ったように典膳の口を吸いつけ、ぐいぐいと乳房をこすりつけていった。

枕行灯の火影に美鈴の白い足が跳ねて、泳いだ。

五

その日の夕刻、平蔵は鉄砲風呂にはいって野良仕事の汗を洗い流していた。

夕刻から降り出した雨が、どうやら次第に本降りになってきたらしい。

風呂桶（おけ）を出て、簀（す）の子（こ）にあぐらをかき、手拭（てぬぐ）いで背中をこすっていると、襷がけしたお萬がヘチマを手にして赤い腰巻を裾からげにして洗い場にはいってきた。

「背中、流してあげっからね」

そういうと、お萬はしゃがみこんで平蔵の躰をヘチマでこすりはじめた。

「平蔵さまの住まいは浅草のほうだそうですねぇ」

「ああ、浅草寺のそばだ」

ふと、「おかめ湯」の由紀の顔が平蔵の脳裏を掠（かす）めた。

平蔵が暖簾（のれん）をおろしたあとの「おかめ湯」の終い風呂に浸かっていると、由紀は襷がけになって裾をたくしあげ、ヘチマを手にして背中を流しにきてくれるようになった。

平蔵と躰をつなぎあわせてからは、昼間もちょくちょく自宅に来ては掃除や洗濯、炊事までしてくれた。

武士の娘だっただけに、言葉遣いや挙措にも品がある。

お萬とはまるで異質の女だが、お萬とおなじように、まめまめしくよく働く……。

「浅草寺のそばなら賑やかでしょうねぇ」

「ああ、あのあたりは寺がひしめいているからな。お参りの人でごったがえして一年中お祭りみたいなものだ」

「へぇえ……毎日がお祭りですか」

「そのぶん、悪いやつもうんといるぞ。巾着切りもいるし、いい女には悪い虫が目の色変えてまつわりついてくる」

「ふふっ……男ってどこでもおんなじね」

「お師匠さまによると、人間などというのは欲のかたまりのようなものだそうだからな。禄をはんでいる武士はすこしでも出世したがるし、商人は銭のためならなんでもする」

「平蔵さまはどうなんですか」

「おれか……そうよな。ま、あまりこれといって欲しいものはないが、うまい酒が飲めて、たまに、いい女と添い寝ができればいうことはないな」

「ま……」

お萬はふふふと含み笑いした。

「きっと、平蔵さまの奥さまは綺麗なおひとなんじゃろうね」

お萬が背中を流しながら、肩越しに平蔵の顔をのぞきこんだ。

「うむ……いや、おれには連れ合いはおらぬよ。二度、妻を娶(めと)ったが、もう、連れ合いをもつ気はない」

「へぇえ、おなごは好きでねぇんだか」

「バカいえ。この世におなごが嫌いな男などおらぬ。……坊主どもが色即是空(しきそくぜくう)などとぬかすのは、人が色を断つのがどれほどむつかしいかを知っておるからだろうな」

「ふふ、ふ……平蔵さまのせんせいも気さくなおひとだものね」

「ああ、佐治先生は達人だからな。剣もおなごも気随気儘(きずいきまま)だ」

「いまでも、お福さまを可愛がっていなさるだか……」

「うむ。そのようだな」

「じゃ、平蔵さまもせいぜいがんばらなくっちゃね」

ひょいと腕をのばして平蔵の一物をぎゅっとつかみしめた。

「お、おい……」

「ふふ、ふ、立派なもんだっちゃ」

手桶に汲んだ湯をざぶっと股間にかけてうれしそうに笑った。

なんとも野放図な女である。

お萬から入念に背中を流してもらったあと風呂を出て、目黒川の川漁師からわけてもらったという鮎の干物を出汁にした雑炊を馳走になった。

いつもは麦飯に菜は干した鰯と沢庵に味噌汁ぐらいのものだったが、今夜は鮎の干物が香ばしい雑炊が滅法うまかった。

二杯目の雑炊をかきこんでいたとき、表でおずおずと訪う声がした。

「お萬さん、ちいっと遅くなったども鎌が研ぎあがったで持ってきただよ」

「ああ、留松さん……」

お萬は気さくに腰をあげると土間におりて板戸の桟をはずし、いかにも村の鍛冶屋らしい無骨な四十男を迎えいれた。

「雨が降りだしたのに悪いね。わざわざ届けてくれなくてもよかったのにさ」

「なぁに、こんぐらいの雨なんぞ、どうちゅうこともねぇだよ」

留松という鍛冶屋は雨に濡れた蓑笠をはずし、首に巻いていた手拭いでごしごし首筋の汗を拭きながら、平蔵のほうを見てぺこりと頭をさげると、心配そうにお萬にささやきかけた。

「さっき、ちょこっと耳にしただども、お光ちゃんが悪いやつらに目っこつけられてるそうだの」

「ええ、吾作のバカが博奕で借金つくって逃げちまってね。でも、あの、お侍さまが追っ払ってくれたからね」

「そりゃ、ま、どうも……」

留松は汗を拭き拭き平蔵を見て何度も頭をさげると、お萬になにやらいいたげに口をもごもごさせたが、そいじゃ、また、と蓑笠を手にして帰っていった。

お萬が表まで見送りにでたのを見て、お光が忍び笑いしながら平蔵にささやいた。

「あのひと、おっかさんに気があるみたいですよ」

「ほう……あの男はひとり身なのか」

「ええ、五年前に連れ合いを亡くしてから気落ちしてたらしいけれど、どうにか元気になってきたみたいですよ」

「うむ。なかなか真面目そうな男だな」

「それはもう……でも、男と女は相性しだいですものね」

「相性しだい、か……」

「そうですよ。だって気があわなくっちゃ、いっしょにいたってつまんないもの」

お光は十六の小娘にしては大人びたことをいって、くすっと笑ってみせた。

留松が帰ったあと、お萬が寝酒がわりにと出してくれた濁酒を湯飲み茶碗で馳走になってから、はやばやと床についた。

雨脚はしだいに強くなってきて、雨戸をたたく音が聞こえてくる。

六

馴れない野良仕事のあとの濁酒は酔いのまわりも早く、五つ（午後八時）の鐘が聞こえるころには睡魔が訪れ、まどろみかけたときである。

隣室の戸障子がかすかに軋みながら敷居をすべる音がした。

「ねぇ……もう、寝ていなさるの」

寝巻姿のお蔦がこんもりと臀を立てたまま、四つん這いになって首をすこし横にかしげてようすをうかがっているのが、有明行灯の火影にほのかに見えた。

「いや、まだ寝てはおらんが……」

枕から半身を起こして問い返した。

「よかった。もう寝ていなさるかと思ってたけど……」

お蔦は四つん這いのまま畳を這って枕元に近づいてくると、いそいそと夜具をめくって平蔵のかたわらにもぐりこんだ。

長風呂に浸かっていたらしく、お蔦のうなじや胸前はしっとりと汗ばみ、洗いたての髪がしめっていた。

「お、おい……」

「ふふ、夜這いだっちゃ……」

「なに、夜這い……」

「あら、おなごが夜這いしちゃいけないの」

「ン……」

お萬はにわかに若い町娘のような口調になって甘えてきた。

「だって、このあいだの晩、あたしが土間で行水しているところ見てたでしょう」

「う、うむ……」

「いいのよ、見られても、べつにへるもんじゃないものね」

お萬は頬を平蔵の胸にこすりつけると、訴えるようにささやいた。

「あの晩、あたし、ずっと待ってたんだよ。なのに来てくんないんだもの」

お萬は拗ねた小娘のように口を尖らせた。

「ずるいよ。見るだけ見といて、することちゃんとしてくんなきゃ」

お萬はせわしなく紐を解いて寝巻の前をひらくと足をからませ、滑らかな腹を大胆におしつけてきた。

「ねぇ、ほんとうに、平蔵さまには奥さまはいないの」

「ああ……」

「でも、好いたおひとのひとりや二人はいらっしゃるでしょう」

「ああ、まぁな……」

「どんなおなごがお好きなの。やっぱり若い娘っこがいいんでしょうね」

「いや、そうでもない。おれとどっこいどっこいの年のおなごもいたし、亭主と死に別れた後家もいた」

「へぇえ……そいじゃ、平蔵さまは年増好みなんですね」

「いや、そういうわけじゃないが、あまり年がちがいすぎると交喙(いすか)の嘴(はし)の食い違いで、噛み合わせがうまくいかんからな」

「そうよねぇ……お旗本のおぼっちゃまと百姓の寡婦(やもめ)の、こんなでぶちんの年増じゃちがいすぎるものね」

「おい、そいつはちがうぞ。そんなことはいっておらん。男と女は相性が肝心だといっただけだ」

一瞬、生家の兄の高飛車ないいようが脳裏をよぎり、平蔵はいささかむきになっていた。

「生まれがどうとか、育ちがどうとか、そんなことはどうでもいい。男と女はウマがあうかどうかできまるもんだ」

「ふうん……」

お萬はひんやりした足をくの字に曲げて平蔵の太腿に巻きつけながら、ささやいた。

「じゃ、あうかどうか、なんでも、ためしてみないとわかんないものね」

「まぁ、な……」

これには苦笑するしかない。

「あたし、もう、男はこりごりだと思ってたんだけど……やっぱり、そうもいかないのよねぇ」

なんとも、あっけらかんとした口のききようだが、そこが、お萬らしかった。

お萬が身じろぎするたびに、濃密な女体の匂いが夜具のなかから漂ってくる。

「だって、したいときにしとかなくっちゃ、つまんないわ。そのうち年とっちゃったら、したくてもできなくなっちゃうものね」

女はだれしも本音をいわないものだが、妙にとりつくろったいいようはお萬には似つかわしくない。

「できるときにしとかなくっちゃって、そう思ったの。でなくっちゃ、おなごが夜這いなんかできやしないわ」

「…………」

たしかに、自分から夜這いにきたなどという女は滅多にいないし、思ったことをそのまま口にする女もいないだろう。

お萬はいうことも大胆なら、行動もうじうじしたところがない野育ちの女だった。

だが、うじうじせずに、いいたいことをいい、本能のままに男をもとめてくるお蔦にある種の新鮮さを覚えた。

お蔦の女の盛りは、せいぜいが、あと十年……そして、また、平蔵のような男は生きてもあと五年か、十年というところだろう。

ひとの一生などというのは泡のように儚いものだ。

「ねぇ、いつまでここにいてくださるの」

「それはわからんが、お光を狙っている女衒どもが手を引くまではいるつもりだ。そのうちやつらもあきらめるだろうからな」

「あたしは平蔵さまがずっといてくださるほうがいいけど、そうもいかないわよねぇ」

「お光も年頃だ。どこぞに嫁に出したらどうなんだ」

「そしたら、あたしひとりになっちゃうじゃない」

「あんたなら、婿のなり手はいくらでもいるだろう」

「そうでもないわ。もう年も年だし、お光とちがってまるぽちゃのおかめでしょう。婿になろうなんて男はそうはいないよ」

「そんなことはない。あんたはかわいい女だよ。お光とは顔立ちがちがうが、愛嬌があるし、気立てもいいしな」

「いいの、なぐさめてくれなくっても……お光は死んじゃった父親の与市に似ていて器量よしだけど、あたしは子供のころからまるぽちゃだったもの」

「ほう、お光は父親に似ているのか」

「そう、与市は背がすらりとしていて、きりっとしたおさむらい顔でね。村の娘はみんな岡惚れしてたもの」

お萬はくすっと忍び笑いした。

「だから、庄屋さんがあたしの婿にどうかっていってきたときは狐か狸にでも化かされてるんだと思ったわ」

「ふふ、あんたなら狸の口だろう」

「ン、もう……」

お萬はぷっと唇を尖らせると、平蔵の胸に頰をすりよせてきた。

平蔵は腕をのばして、お萬の豊かな臀の丸みを愛撫した。

お萬は平蔵の胸に顔を埋め、くの字に曲げた足を平蔵の腰にからみつけてきた。

平蔵が肘をついて横向きになると、有明行灯の淡い火影にこんもりした乳房がゆるみもなくふくらんでいる。

濃密な女の体臭が鼻腔を鋭く刺激し、あらあらしい雄の本能が目をさました。

赤い木綿の二布の紐をはずすと、乳房の裾野に息づく白く艶やかな腹がせわしくなく波うっているのが見えた。

腕をのばして滑らかな腹をなぞると、お萬は羞じらうように片膝をたてながら腰をよじって、懸命に縋りついてきた。

太腿に沿って豊満な臀のふくらみをなぞるように愛撫した。

ふくらみは弾力にみちみちていて、つかみしめると鞠のようによく弾む。

「あたし……もう何年もしてないの。だから優しくしてね」

お萬は掠れたような声でささやいた。

腕をのばして腰をひきつけると、お萬はかすかな吐息をもらし、双の太腿をおずおずと、ためらいがちにひらいていった。

のびやかな太腿のあわさる狭間は濃密な茂みにおおわれていた。

その茂みは露をふくんで、すでに、あふれんばかりに潤っていた。

平蔵が身を沈めていくと、お萬は火のように熱い頬を平蔵の胸にこすりつけ、思うさま太腿をひらいて迎えいれた。そして、両腕ですがりついて懸命に口を吸いつけてきた。

お萬の腰をかかえ、臀のふくらみを指がめりこむほどにつかみしめつつ引きつけた。

お萬は両足を平蔵の腰に巻きつけつつ、狂ったように腰を突きあげてきた。

床板がみしみしと撓(しな)って鳴った。

雨風はいっそう強くなり、雨戸に間断なく吹きつけてくる。

先行きのわからない結びつきだが、それだけに、また、愛おしくもあった。

耳をつんざく雷鳴がとどろき、雨戸が軋んで悲鳴をあげた。

七

眩(まぶ)しい陽光に目をさますと、戸障子いっぱいに朝日が燦々(さんさん)と降りそそいでいる。

目をこすりながら平蔵は半身を起こした。

外は昨夜の激しい風雨が嘘のような静かさだった。

雨戸はとうにあけはなたれ、夜具のなかにはお萬の体臭が濃密にこもっている。

家のなかは深閑(しんかん)として物音ひとつしない。

平蔵は眩しい陽光に目をしばたたきながら夜具から這いだし、腰に褌を締めていないことに気づいた。

枕元の野良着のうえにシミひとつない白い褌がきちんと畳んで乗せてある。

――ははぁ……。

どうやら、お萬の仕業らしいと苦笑いし、差し入れの新しい褌を締めて、裏庭に面した戸障子を開け放つと、清々しい大気がなだれこんできた。

白い褌と肌着を身につけて、胸いっぱいに澄んだ大気を吸い込んだ。

夜具を畳んで押し入れにしまいこみ、室内を見渡したが、昨夜の痕跡は何ひとつ残っていなかった。

有明行灯の灯も消され、部屋の隅に追いやられている。

お萬は昨夜、平蔵の腕のなかで八つ半（午前三時）過ぎごろまでいたはずだが、座敷にはお萬の髪の毛一筋も見あたらない。

――ふうむ……。

なんとも手際よく始末したものだと感心した。

裏の縁側に立ってみると、陽はすでに中天にさしかかっている。

陽の光が照りつける。

家のなかに人の気配がないところをみると、どうやら二人ともすでに野良に出ているのだろう。

――用心棒がこれではいかんな……。

いささか気が咎めた。

着物がわりの野良着を身につけ、裁着袴に足を通して庭下駄をつっかけて裏の井戸端におりてみると、物干し竿に洗い立ての褌が風に吹かれて躍っていた。

井戸から水を汲みあげて顔を洗っていると、賑やかな声がして、お萬とお光が母屋の角を曲がってやってきた。

二人とも手拭いで頬かむりし野良着を着て、泥だらけの鋤を手にしている。

どうやら、朝早くから野良仕事をすませてきたらしい。

手も足も泥にまみれている。

さすがは百姓のおなごはたくましいものだと感心していると、

「神谷さま……ようやっと、目がさめなさったの。もうすぐ昼になりますよ」

お光が泥だらけになった鋤を井戸端に置いて含み笑いした。

「褌を洗ってくれたり、新しいのを差し入れてくれてすまんな」

「あら、それはおっかさんですよ。まだ暗いうちに起きて神谷さまの下帯を何枚も縫ってたみたい」

「ほう……」

――それじゃ、お萬は眠る暇もなかったろうが……。

忸怩(じくじ)たる思いで、お萬を見やった。

「それはすまなんだな」

「いいえ、そんくらいのこと、なんでもありませんよ」

お萬は眩しげに目をしばたたいた。

お光がからかうようにくすっと笑って、お萬をかえりみた。

「ほんとうは、おっかさん、針仕事は苦手なはずなんですよ。それが、どういう風の吹き回しかしらね」

「もう、お光ったら、よけいなことを……」

お萬はふいにうなじまで赤くなると、鋤を井戸端に置いて土間に駆け込んでいった。

「あら、ま……赤くなっちゃったりして、おかしなおっかさん」

お光はくすっと笑うと、何事もなかったように涼しい表情をして井戸端にしゃがみこみ、鋤の泥を洗いおとしにかかった。

なにやら十六の小娘のお光のほうが、母親より大人びて見えた。

――女というのはわからんものだ……。

そのとき、土間のほうからお萬の引きつったような声がした。

「へ、へいぞうさまっ……」

ただならぬ気配だった。

第八章　太鼓橋の血刃

一

平蔵は庭下駄を蹴飛ばすように脱ぎ捨てると座敷に駆けあがり、枕元に置いてあったソボロ助広の大刀を鷲づかみにして裸足のままで土間に駆けおりた。

薄暗い土間の竈の陰で擂り粉木を手にしたお萬が、恐怖に引きつったような眼差しで戸口を見つめていた。

表に編笠をかぶった身分卑しからぬ侍が二人、立ちふさがっていた。

二人とも裁着袴に脚絆、足には草鞋を履き、紋付きの羽織をつけている。

ともに腰に帯びた両刀は朱鞘だった。

一人は二十代、もう一人は三十代の見るからに屈強な武士である。

「ほう、おぬしが神谷平蔵か……」

二十五、六と見える武士が値踏みするような目を向けた。
「それがしは曽根寅之助ともうす」

もう一人の屈強な侍が冷笑をうかべて平蔵を一瞥した。

「わしは大島伝蔵じゃ。たかが町医者の道楽剣術相手に介添えは無用だが、見届け人として同行したまでよ」

「いかにも、それがしが神谷平蔵だが、腰に朱鞘を帯びておられるところをみると、鏑木典膳どのの仲間のようだな」

「いや、もはや鏑木典膳はわれらの仲間ではない」

「ほう……仲間割れでもしたか」

「なにぃ！」

「よせよせ、寅之助。こやつは町医者、口八丁はお手のものよ。口車にのせられるな」

大島伝蔵は手で制止しながら、鋭い目を向けた。

「鏑木典膳は柔弱者でな。茶汲み女の囲い者になりおった。あやつの尻ぬぐいをするため出向いてきたが、町医者剣法に二人がかりでは朱鞘組の名が泣くゆえ、わしは寅之助の介添えとして見届けるだけよ」

「よかろう。……ただし、ここは血なまぐさい斬り合いとは無縁の百姓家だ。場所を変えてもらおうか」

「いいだろう。こっちも、こんな狭苦しいところでは存分に立ち合うこともできぬ」

寅之助が苦笑して、目で表のほうをしゃくってみせた。

「生憎、昨夜の雨でぬかるんでいるゆえ、裸足では足元もおぼつかんだろう。四半刻（三十分）後に太鼓橋のたもとで立ち合うとしよう」

「承知した」

「きさまは鐘捲流を遣うらしいな」

「さよう、佐治門下の端くれだ」

「大島どのは小野派一刀流の遣い手だが、おれは林崎夢想流をいささか遣う」

「ほう、卍抜けで聞こえた流派だな」

「なに、刀を抜いたときには勝負がきまると思うてもらえばよい」

「なるほど、居合いの一撃できめようということらしい。滅多に立ち合うことはないが、せいぜい気をつけることにしよう」

「ふふふ、あえて居合いを遣うとはかぎらんぞ。そのあたりは臨機応変だと思うてくれればよい」

寅之助は冷笑すると、かたわらの大島伝蔵を目でしゃくった。

「断っておくが、大島どのは介添え役ゆえ、気にせんでよい。おれはあくまでも一対一の立ち合いしかせぬ。存分に鐘捲流の腕を見せてもらおう」

冷笑を浮かべると曽根寅之助はさっと踵を返したが、大島伝蔵は屋内を見やり、にやりと嘲笑った。

「ふふ、典膳は茶汲み女の臀。町医者は百姓女のでかい臀に敷かれて鼻の下をのばしておったというわけか」

ぺっと唾を吐いて懐手になると、くるりと背を向けた。

「…………」

平蔵は苦笑いして見送った。

ふり返ると、お萬とお光が脅えながら肩を寄せ合い、固唾を呑んでいた。

平蔵は刀を板の間に置くと、裸足のままで裏庭の井戸端に向かった。

褌ひとつになって釣瓶で井戸水を汲みあげ、頭から水を浴びつづけた。

「平蔵さま……」

お萬があとを追いかけてきた。

「あんな強そうなおさむらいを二人も相手にしちゃ殺されちまいますよ。逃げちまったほうがいいよ」

「バカ。心配するな。それより茶漬けの支度を頼む」

「は、はい……でも、佐治せんせいになんとか助けてもらったらどうだかねぇ」

「なにをいうか。まちがっても先生に知らせたりしてはならんぞ。破門されてしまうからな」

「やっぱり、だめだかねぇ……」

お蔦はおろおろしながら、手拭いを手につかむと平蔵の全身を丹念に拭いにかかった。

二

平蔵は茶漬けを二杯、ゆっくりと腹におさめると、身支度をととのえた。

お蔦に用意させた晒しの布を腹に巻き付けて、肌着のうえから木綿の単衣物をつけた。

自宅から持ってきた博多帯を巻いて、裁着袴に黒足袋を履いた。

こんなこともあろうかと思って、佐治一竿斎からもらった革紐を編み込んだ草鞋を携え、脇差しを腰帯に差し、愛刀のソボロ助広を左手にさげて板の間に向かった。

「ねぇ、平蔵さま、死んじゃいやだよ。死なないで……」

お萬が後ろからつきまとってきては何度も哀願した。

お光が土間に草鞋を揃えると、ひたと平蔵を見あげた。

「神谷さま。あたしなんかのために、こんなことになってしまって……」

土間にひざまずいたまま両手で顔を覆い、肩を震わせた。

「おまえのせいじゃない。これは剣士の宿命というやつだ」

上がり框に腰をおろし、革の草鞋の紐を結びおえると、お光の肩に手をかけた。

「いいか、お光。すこしでも早く、いい婿をもらって、お萬を安心させてやれよ」

「は、はい……」

うなずきながら、泣きじゃくっている。

お光はふだんは結構おしゃまに見えるが、やはり、まだ十六の小娘のようだ。

外は昨夜の驟雨が嘘のように、くっきりと晴れ上がった夏空だった。

目黒川に向かった。

――林崎夢想流か……。

なんとも厄介な相手だと思った。

平蔵は身のひきしまる思いがする一方、剣士として、強敵に遭遇する心機の高ぶりも感じた。

昨夜の豪雨で水かさのました目黒川は今にも氾濫しそうな水量をたたえ、渦を巻いて流れている。

川沿いの田圃も一面に泥田と化していた。

むろん、百姓たちの姿はどこにも見えなかった。

平蔵は懐に用意してきた革紐をとりだし、手早く肩から襷がけした。

彼方に太鼓橋が見えてきた。

三

目黒川は玉川の分水に端を発し、荏原郡を通って品川へと注いでいる。太鼓橋は行人坂を下ったところにあって、下目黒村へと続く道に、太鼓の胴のように弓なりに架けられた橋である。

ふだんは荷舟や川舟がひっきりなしに通るが、増水してうねりにうねり、櫓も使えないためか舟影は見あたらなかった。

橋の手前に目黒不動や瀧泉寺、金比羅権現社などにつながる二間（三・六メートル）幅ほどの道がまっすぐにのびている。

日頃は荷車も通るのだろうが、さすがに泥田のようになった道には荷車も人影もなかった。

畦道を抜けて通りに出ると、太鼓橋の袂で待っていた曽根寅之助と大島伝蔵が歩みよってきた。

「ほう、来たか、鐘捲流。もしやして百姓女に泣きつかれて逃げるかと思ったがな」

大島伝蔵が楊子をくわえながら、皮肉な笑みを浮かべて挑発してきた。

「きさまの閨の相手をしてくれたのは年増のほうか、それとも娘のほうかね」

「あんたは旗本の倅とは思えん下衆な口をきく男だな」

「なにぃ！」

カッとなったとみえ、大島伝蔵は楊子を吐き捨てると刀の柄に手をかけた。

「ほう。見届け役が立ち合うというのか。こっちはどっちでもいいがね」

「お、おのれ！」

血走った目で、今にも斬りかかろうと足を踏み出しかけた。

「大島どの。ここは、それがしにまかせたはずでしょう」

苦笑しながら、曽根寅之助が片手で大島伝蔵を軽く制して、平蔵に向かって顎をしゃくってみせた。

「ここでは人目につこう。その先に水はけのいい空田がある。たしかめてみたが足場もまずまずだ」

「よかろう……」

曽根寅之助が先に立って、南側にある空田に向かって足を運んだ。

斬り合いを前にしたとは思えない、落ち着いた足取りだった。

――どうやら、若いが、やはり、この男のほうが腕は数段上らしい……。

年は曽根寅之助のほうが五つ、六つ下らしいが、物腰も声も落ち着きはらっている。

曽根寅之助は平蔵に背を向けながらも、寸分の隙も見せなかった。

平蔵のうしろからついてくる大島伝蔵のことはすこしも気にならなかったが、油断しているわけではなかった。

曽根寅之助には修羅場をかいくぐってきた臭いがするが、大島伝蔵にはそれが感じられなかった。

どうやら、今のところは曽根寅之助に下駄を預けているようだが、大島伝蔵も隙を見せると嚙みついてくるだろう。

だが、まずは曽根寅之助と決着をつけることだ。

曽根寅之助は畦道におりると、三十間（五十五メートル）あまり先の空田に足を踏み入れた。

「このあたりでよかろう」

そういうと、とんとんと二、三度、足で空田を踏みしめてみてから平蔵を振り向いた。

刀の柄には手もかけていないが、双眸には噴きつけるような殺気が漲っていた。

平蔵は曽根寅之助から十間あまり間をとって立ち止まると、ゆっくりとソボロ助広を抜きはなって青眼にかまえた。

曽根寅之助の遣う林崎流の開祖は林崎甚助で、抜刀に神速の技を会得したという。

剣士はまず眼前の敵を斃さなければ生き残ることができない。

斬り合いは刀を抜いた瞬間から寸時のゆるみも許されない。

平蔵は刀を青眼に構えたまま、身じろぎもせずに佇んだ。

曽根寅之助は刀の柄にも手をかけず、茫洋と佇んだままだった。

おそらく平蔵が動いた瞬間に勝負の決着をつけるつもりだろう。

おそろしく長い対峙のときが流れた。

平蔵は風花峠に間断なく風に舞う粉雪を瞼のうちに思い浮かべた。

――非常のときに立ち向かうには人が人であることを捨て、獣に立ち返るしかない。

曲官兵衛のことばがゆくりなくも胸中によみがった。

――人には見る、聴く、嗅ぐ、触れる、味わうという五感のほかに無心のうちに感知する本能をもっている。その本能をとりもどすことこそが風花ノ剣の神髄……。

平蔵の神経がふっとほぐれた瞬間、ふいに曽根寅之助の躰が低く沈みこみ、左手で刀の鞘をつかんでぐいと反りを返した。

――転瞬。

曽根寅之助の右手が柄にかかり、躰を沈めざま一気に間合いを詰めてきた。

白刃(はくじん)が銀蛇のように鞘走り、下から揺りあげるように鋒(きっさき)が撥ねあがってきた。

その鋒より間一髪はやく、平蔵は無心のうちにソボロ助広を横ざまに薙(な)ぎ払うようにふるった。

伸びきった曽根寅之助の胴を刃が捕らえ、存分に断ち斬った手応えがあった。

曽根寅之助は平蔵のかたわらを走りぬけると、五、六間先でつんのめり、そのまま突っ伏した。

滾々(こんこん)と憤きだした鮮血が空田の土を染めて、血だまりがじわりとひろがっていった。

そのとき、ふいに背後に殺気を覚えた平蔵は咄嗟(とっさ)に身をよじって腰を反転させ、横薙ぎに刃をふるった。

「ううっ！」

獣のような断末魔(だんまつま)の絶叫とともに、大島伝蔵が刀をつかんだまま空田に頭から突っこんでいった。

大島伝蔵は肘(ひじ)をついて起きあがろうとしかけたが、やがてがっくりと頭を落とし、身じろぎもしなくなった。

二人が腰に帯びている大小の鞘の鮮やかな朱塗りが、平蔵の目にはなんともいえずむなしく見えた。

大島伝蔵はともかく、曽根寅之助は生まれてくる時代をまちがえたような気がする。

——むろん、おれも似たようなものだ。

ようやく、ふかぶかと息をついた平蔵は左の太腿に鈍痛を感じた。裁着袴の裾がザックリと斬り裂かれている。

どうやら曽根寅之助の鋒が左の太腿を掠めて、腿の肉を抉ったようだ。

そのとき、お萬とお光が田圃の畦道をつんのめるようにして駆けてくるのが見えた。

平蔵は空田に座りこむと、懐から腹に巻きつけてあった晒しの布を引きぬき、手早く太腿の傷口を縛った。

晒しの布がみるみるうちに滲みだす鮮血で赤く染まっていった。

ソボロ助広を懐紙で拭い、鞘に納めた。

いつの間にか、道に人だかりがしていた。

曽根寅之助は身じろぎもせずに突っ伏したままだった。

——強敵だった……。

勝負は一瞬のうちだったが、曽根寅之助はこれまで平蔵が出遭った剣士のなかでも屈指の遣い手だったことはまちがいない。

畦道を転ぶように駆けてきたお萬が、白い脛をむきだしにしたまま平蔵の胸に飛びこんできた。

お光も泣きじゃくりながら平蔵にすがりついてきた。

平蔵は傷を受けた左足を投げだしたまま、青い空を見あげて放心した。

――おれも、まだまだ未熟者だ……。

今頃になって、傷口が焼きごてをあてられたように疼いてきた。

ひとつまちがえば、まちがいなく平蔵のほうが屍を晒すことになっていただろう。

もう一度、躰から鍛え直さねばならんなと痛感した。

鳶が一羽、風雨のあとの抜けるような青空に悠々と輪を描いて飛翔していた。

お萬にささえられ、疼く足をひきずる平蔵は、畦道を辿りながら大空を飛翔する鳶を見あげた。

雲ひとつなく晴れ渡った夏の空を見あげながら、平蔵はふいに夜叉神岳の山裾にひろがる夜叉神の森と、緩やかな起伏に富んだ九十九平の丘陵を思いうかべた。

九十九郷は岳崗藩の南東にある紙と漆（うるし）の産地である。

先年、平蔵はよんどころない仕儀で江戸を離れることになって、あてもない旅に出た。

そのとき、恩師佐治一竿斎の縁をたよって九十九郷の曲官兵衛を訪ね、一年あまり居候（いそうろう）したことがある。

曲官兵衛は、かつて夜叉神族と呼ばれた狩人の民を束ねる頭領の家に生まれた無外流の剣士である。

平蔵が曲家に逗留（とうりゅう）していたとき、官兵衛から伝授された「風花ノ剣」がなかったら、果たして曽根寅之助の難剣をしのぎきることができただろうか……。

そう思うと、九十九の里での逗留がいまさらのように貴重だったとあらためて痛感した。

波津はその官兵衛の一粒種で、裸馬に跨（また）がって山野を疾駆し、素っ裸で川に泳ぐような野生の女だった。

平蔵は波津とともに川で泳いだり馬を競ったりしているうちにたがいに引かれあうようになった。

そんな夏の一夜、蛍火（ほたるび）に誘われるように波津と結ばれたのである。

官兵衛は「あれは悍馬(かんば)のようなおなごゆえ、乗りこなせるのは平蔵ぐらいのものであろう」といって快く許してくれた。

官兵衛から「風花ノ剣」を伝授されたのは、それから間もなくのことだった。

やがて兄の忠利から文(ふみ)が届いて呼びもどされることになった平蔵は、波津をともない、風花峠を越えて江戸に帰ったのである。

波津とは琴瑟相和(きんしつあいわ)する仲だったが、余儀ないことで別れる羽目になった。

間もなく波津は官兵衛の弟子だった奥村寅太(おくむらとらた)を婿に迎え、ややをもうけ、今も健(すこ)やかに九十九の里で暮らしているらしい。

いっぽう、平蔵は二度目の妻の篠とも死別し、今もふらふらと風まかせの風来坊のような行く末の見えない暮らしをつづけている。

――いったい、おれという男は……。

お萬の腕にささえられて左足をひきずりながら、平蔵は深い自嘲(じちょう)の溜息をもらした。

第九章　起死回生

一

ここが、どこかもわからない。

深く暗く、音もない闇のなかで、平蔵はもがきつづけていた。

もがいてもあがいても、手にも、足にも、ふれるたしかなものがなかった。

どんなに目を見ひらいても、なにひとつ見えない暗黒のなかにいるようだった。

——おれは死んだのか……。

そうも思ったが、死ねばもがくことも、あがくこともいらないはずだ。

ここは深い海の底なのかとも思ったが、それにしては冷たくもなく、寒くもない。

いったい、おれはどこにいるんだ……。

ただ、無性に喉が渇いてたまらない。

ふいに柔らかいものにつつまれ、口のなかに水がすこしずつ流れこんできた。

水が喉にしみこんでいくにつれ、淡い光がほのかに見えてきた。

柔らかく温かいものが手にふれた。

「へいぞうさま……」

熱い息吹とともに、黒々とした瞳がおおいかぶさるようにのぞきこんでいる。

「…………」

なにかいおうとしたが、舌が乾ききっていて言葉にならなかった。

「よかった……」

柔らかく温かいものが平蔵の躰をしゃにむに抱きしめてきた。

ひんやりした甘酸っぱい匂いがするその躰はまぎれもなく、お萬のものだった。

そのかたわらから、見たこともない赤銅色に日焼けした五十年輩のいかつい男の顔がのぞきこんだ。眉毛が太く、ぎょろりとした鋭い眼光をしている。

「うむ……もう、だいじょうぶじゃろう」

男は平蔵の双眸をのぞきこんで、百姓のような節くれだった頑丈な掌をあてると、おおきくうなずいた。

「お萬さんの寝ずの看病のたまものじゃな」

「いいえ、なんもかも、せんせいのおかげですっちゃ……」

――せんせい……。

平蔵はまじまじと男のいかつい赤銅色の顔を見つめた。

お萬が先生と呼ぶところをみると、男は近くの医者らしいが、お萬の信頼しきった口ぶりでは、相当に高名な医者のようだった。

「きっと、あの薬がきいたんだっちゃ」

お萬は田舎訛りまるだしで、藍染めの野良着に裾をしぼった裁着袴の五十男の前に両手をつき、平蜘蛛のようになって頭をさげた。

そのかたわらで、お光が泣きじゃくりながら腰をふかぶかと折って、何度も頭をさげている。

「なんの、あれだけの高熱は薬だけでさがるもんじゃない。お萬さんの寝ずの看病がなかったら、いまごろ、このおひとは三途の川を渡っていたろうよ」

医者らしい五十男はこともなげに大口をあけて、満足そうに呵々大笑した。

「それになによりも、この御仁の頑丈な躰と気力が毒を追い払ったんじゃろうて……いや、たいしたものよ。ウン……」

医者らしい男はひょいと腰をあげると、お光に声をかけた。

「あと数日は薬湯と水を切らさぬようにな。なにせ、この御仁は目下は水切れした田圃みたいなものじゃからな。水をたっぷり飲ますがよい」

「は、はい……」

お光が腰をあげ、男のあとについて土間のほうに見送りにいった。

「お萬……」

平蔵は乾ききった口で問いかけた。

「おれは……おれは、どうなっていたのだ」

「もう……」

お萬は唇をふるわせると、両手で顔を覆って肩を鋭く震わせた。

「もう、ちょっとで死んじまうところだったんですよう……」

二

——筍庵先生、か……。

あの老人の本名は竹井彦次郎という御家人の次男で、号を筍庵という蘭方医だということだった。

二十年ほど前に、一人でふらりと下目黒村にやってきて瀧泉寺門前の一軒家を借り、おきねという寡婦の女を飯炊きに雇って住み着いたという。

見たところ五十年輩に見えるが、もう六十の坂を越しているという。

なんでも長崎で和蘭医学を学んだのちに諸国を巡り歩いて、その土地の薬草を探しまわっていたようだ。

医者の看板をあげているわけではなかったが、近くの人が重い病いにかかったり、大怪我をしていると聞くと往診してくれ、それで金品は一切受けとらないそうだ。

筍庵の号は姓が竹井ということと、いまだ未熟の筍医師という自戒もあるという。

六十にして未熟というあたり、たいした人物だと思った。

真妙寺の仙涯和尚とも親しく、佐治一竿斎とは長年の碁敵だという。

平蔵が朱鞘組の刺客と斬り合って刀創をうけたと知った佐治一竿斎が、往診治療を頼んでくれたのだ。

太腿の傷口についた泥のなかの菌が体温であたためられて化膿し、危うく命を落としかねないところだったそうだ。

――おそらく破傷風のようなものだったのだろう……。

三日間、高熱がさがらず、幽冥のなかをさまよいつづけ、うなされていたらしい。

筍庵先生が処方した薬草を土瓶で煎じて飲ませようとしたが、ほとんどこぼしてしまうため、お萬が口移しで少しずつ嚥下させてくれたようだ。

平蔵が高熱を発して昏睡していたあいだも、竹井筍庵は毎日、往診してくれ、容態にあわせて薬草をいろいろ案配し、処方してくれたらしい。

外傷による解毒にかけては右に出る者はいないという名医だそうだが、名利には恬淡でもっぱら貧しい百姓の診察と治療に専念しているという。

お萬はつきっきりでほとんど寝ずに看病してくれていたと、お光からも聞かされた。

それをいうとお萬は顔を赧らめて、そんなことはない、合間にちゃんと眠っていたと否定したが、おそらくうたた寝ぐらいのものだったにちがいない。

もとは、お光にふりかかった災難とはいえ、曽根寅之助はあくまでも一人の剣士として、平蔵に挑んできたのだ。

た。

──おれは、筍庵先生とお萬のおかげで命を拾ったようなものだな……。

深沈と更けていく夜の闇のなかで寝つかれぬまま、平蔵はしみじみとそう思っていた。

かたわらで、お萬は安心したのか夜具をかぶり、身じろぎもせずに熟睡していた。

急に尿意を催し、かたわらに置いてある溲瓶を腕をのばして引き寄せようとしていると、お萬が目ざとく目をさました。

「だめだっちゃ……いま動いちゃ傷口が破れちまうよ」

素早く起きだして焼き物の溲瓶をとると、夜具をめくって平蔵の股間から無造作に一物をつかみだし、溲瓶をあてがった。

「いいよ、もう。はい、シイシイして……」

──これじゃ、まるで、赤子だな……。

げんなりしながらも、溜まりに溜まっていた小便を勢いよく放尿した。

われながら呆れるほど長い小便だった。

「ふふっ、ずいぶん溜めちゃってたみたいねぇ……」

お萬が一物を片手でゆっくりとしごいて、滴を切りながらくすっと忍び笑いした。

「へぇ、おちんちんもずいぶんおおきくなってきたじゃない」

「眠ってるあいだはどうだったんだ」

「おちんちんだって、こんなにちっこくなっちゃってたし、ときどき溲瓶あてがってみたけど、ほとんど出なかったよ」

お萬は夜具をかけなおしながら、くくくっと笑って、自分の親指をみせた。

「だって、これっくらいしかなかったよ」

「ふうむ……」

「やっぱり、男のおちんちんはでっかくなくっちゃね」

ぽんと夜具をたたいてみせた。

「けんど、まだまだ、つかいもんにはならないみたい」

「ちっ……」

「でも、よかった。……オシッコがどっさり出るようになったらだいじょうぶだって、せんせいがいってたよ」

「眠ってるあいだは出なかったのか」

「そう、ぜんぜん……水もまるっきし飲まなかったんだもん」

お萬が溲瓶を手に土間のほうに向かうのを見送っているうちに瞼が重くなり、強い睡魔に襲われ、平蔵は吸い込まれるように目を閉じた。

三

平蔵の回復は筍庵先生もおどろくほど早かった。

二日目には一人で厠に通えるようになり、食欲も旺盛になって、粥ではものたりず、すぐに腹が減る。

夕方は飯を炊いてもらい、梅干しで二杯も食べた。

三日目に、佐治一竿斎が仙涯和尚とともに見舞いに来てくれた。

「うむ。さすがは筍庵先生じゃ。よう、ここまで治してくだされたわ」

「はい。まさに命の恩人にございます。曽根寅之助という男の林崎夢想流はなかなかのもので、世が世なら剣だけで千石や二千石取りの侍になっていたにちがいありませぬ」

「さもあろう。旗本の倅なら一刀流か柳生流に入門するところじゃが、型にとらわれぬ流派で修行したというだけでも、並みの旗本の倅ではなかったのであろうよ」

「いかにも、斬るには惜しい男でございました」

「うむうむ、そちが手疵を負うたほどの男じゃ。ほかの者ではしのぎきれなんであろう」

師は懐中から用意してきた包み金を出して平蔵の前においた。

「ともあれ、これは些少じゃが、見舞い金じゃ。取っておけ」

「先生、そのような……」

「筍庵どのにも、わしから礼をしておいたゆえ、気を遣わずともよいぞ」

師は別の包み金をとりだすと、うしろに座っていたお萬とお光のほうに目を向けた。

「お萬もよう看病してくれたそうじゃな。筍庵どのも感心されておったぞ。治療よりも、そなたの看病のほうがきいたともうされていたわ」

そういうと、お萬のほうに包み金をおしやった。

「あんれ、ま……そんな」

「お光のことは心配せずともよいぞ。それにしても、まさかに大身の旗本の倅どもが信濃屋甚兵衛などという女衒に踊らされて、平蔵に刺客まで差し向けるとはおもわなんだ」

　師はホロ苦い目になった。

「じゃが、もう心配することはないぞ。わしが大目付の依田豊前守さまにお会いして朱鞘組のことを言上しておいたゆえ、町奉行の大岡さまからも信濃屋甚兵衛には厳しいお咎めがくだるだろうよ」

「先生が、大目付に……」

　さすがに平蔵も目を瞠った。

「うむ。依田さまは若いころ、わしの道場の門弟での。大目付になられてからは無沙汰をしておったが、相手が五千石の大身旗本で、その倅が音頭取りして女衒に肩入れしておるとなるとほうっておくわけにもいかぬ」

　かたわらから仙涯和尚も笑みかけた。

「いやはや、一竿斎どのの顔の広いのにはたまげましたぞ。なにせ、大目付ともうせば大名も一目おくほどの大役、そのお屋敷に町駕籠で乗りつけたというから一竿斎どのの度胸はたいしたものじゃ」

「なんの、依田さまが門弟だったのは茫々三十年余りも昔のことよ。門前払いされても詮方ないところじゃったが、さすがは大目付にまでなるおひとは器がちがう」

　師はふかぶかとうなずいた。

「わしの名をお聞きになるとすぐさま門戸をひらいて、依田さまみずから玄関の式台までお出迎えくだされたわ」

「ほう、それは……」

　平蔵は思わず目を瞠った。

　兄の忠利のなにごとにも格式にこだわる振る舞いとは大違いだと思った。

「それにしても、先生にそこまでしていただくとは……」

「なんの、おまえはわしの倅のようなものよ。おまえのためなら、この皺首ひとつ、いつでもさしだしてくれるわ」

「先生……」

　平蔵は思わず肩を震わせ、膝小僧をつかみしめた。

「すまなんだのう、平蔵……。とんだことで、おまえにまで、わしのお節介のとばっちりをくわせてしもうたわ」

「なんの、先生のためなら、この平蔵」

「よしよし、もう何ももうすな。何事も言葉を口にだせば味気がないゆえな」

「は、はい……」

「それにしても、おまえは女運のよい男よのう。どこへいってもおなごには不自由せんらしい。はっはっはっ」

にやりとして、お萬のほうに目を向けた。

「筍庵先生から聞いたが、お萬は寝ずの看病をしてくれたそうだの」

「い、いえ……だって、平蔵さまはお光のためにこんな目にあわれたんじゃもの。どんなことでもしなくっちゃおてんとさまのバチがあたりますっちゃ」

「はっはっは、平蔵さまときたか……これ、平蔵さま。はよう元気になって、お萬をせいぜい可愛がってやらねばバチがあたるぞ」

「は……い、いや」

「せ、せんせい、そげなこと……」

お萬はふとやかな躰をくの字にくねらせ、真っ赤になった。

「ま、よいよい、そのうち、そなたには平蔵みたような風来坊ではのうて、よい男をあてがってやるゆえな」

「え……やんだ、もう」

お萬はいたたまれなくなったか、あわてて台所のほうに逃げ出していった。

「うむうむ、三十路過ぎにしては可愛げもあるし、なによりもあのふくよかな腰まわりは見事なものよ。平蔵が落城したのも無理はないわ」

「はっはっは、一竿斎どのも、まだまだ生臭さが抜けぬようじゃな」

仙涯和尚が揶揄するように呵々大笑した。

「あたりまえじゃ。色即是空の坊主といっしょにされてたまるか。人は生涯、生臭いものよ。のう、平蔵」

「は……」

これには平蔵、返す言葉もない。

終章 蛍火

一

師の見舞金は、平蔵とお萬のいずれにも十両ずつあった。

出所は依田豊前守だというから遠慮なくいただいておくことにしたが、平蔵はそっくりお萬に渡してやった。

寝ずの看病に報いるにはそれでも充分とはいえないと思った。

お萬はたまげて、お光と相談のうえ、下目黒村の肝煎り役をしている庄屋に十五両を預けることにしたようだ。

平蔵は傷が癒えると、毎日すこしずつ歩いて足腰を鍛えにかかった。

三日寝たきりの躰を回復するには倍の六日はかかるが、もともと頑健な躰だけに回復するのも早かった。

お萬は食い物にも気を遣って、鶏肉や猪肉をせっせと食わせてくれた。

五日目に同心の斧田晋吾が見舞いがてらに立ち寄ってくれた。

朱鞘組頭領の水野直忠が素行不良の咎めをうけて遠島となったのをはじめ、おもだった者にもそれぞれ厳しい処分がくだされたということだった。

鏑木典膳は朱鞘組とは袂をわかち、美鈴という女と暮らしているという。

「美鈴ってぇ女はよ。浅草寺境内の二十軒茶屋で茶汲み女をしているが、浮世絵の当世美女十人に描かれたほどの器量よしよ」

斧田は羨ましげに、ちっちっと舌を鳴らした。

「千金を積んでも手活けの花にしてみたいという大金持ちもいるってぇのに、見向きもせずに鏑木典膳に尽くしているってぇから女ってぇのはわからねぇもんだ」

「ふふ、あんたにはわからんだろうな」

「あんたにはわかるってぇのか」

「わからんさ。男も女もわからんから惚れるんじゃないのか。惚れてしまえば痘痕もえくぼに見える。なにもかもわかっちまえば世の中味気のないものになっちまうだろうが」

「ちっ、禅坊主の問答じゃあるめぇし」

「ふふふ、八丁堀はなんでも白黒つけんとカタがつかんからな」

平蔵はにやりとして茶をすすった。

「ふうむ……そういえば鏑木典膳という男、妙に気になる男だったな」

――貴公とは、また出会いそうな気がする……。

そう言い残して紋付き羽織の背を向けて去っていった鏑木典膳の後ろ姿を思いだした。

信濃屋甚兵衛は不当な高利をむさぼっていたことと賭場を開帳した罪に問われ、闕所（財産没収）のうえ、打ち首になるらしい。

内藤新宿の陣屋代官だった小池庄三郎は信濃屋との癒着を咎められ、扶持半減のうえ蟄居謹慎の沙汰をくだされたという。

内藤新宿には町奉行配下の与力が乗り込んできて、のさばっていたヤクザ者は残らず捕らえられ島送りになるらしい。

「可哀相なのは水茶屋の女たちよ。さんざん甚兵衛にしぼりとられていたってぇのによ。一人残らず吉原に送りこまれちまったんだからな」

斧田同心はそれが癖の十手で肩をたたきながら吐き捨てた。

「なんのこたぁねぇ。またぞろ股座ひらいて男をくわえこむことになるんだからよ。お上（かみ）もちっとは手加減してやれねぇもんかね」

　そこへ、お萬が身じまいをととのえて茶と饅頭（まんじゅう）を運んできた。

「こんな田舎ですので、なんのおかまいもできませんが……」

「お、これは造作（ぞうさ）をおかけする……」

　斧田はきさくに饅頭に手をだして、まじまじとお萬を見つめた。

「ふうむ……そなたが、この家のおかみか」

「はい、お萬ともうします」

「ほう、ご亭主は……」

「いえ、茶屋女と駆け落ちしてしまいましたから……いまは娘と二人暮らしですよ」

「ははぁ……」

　お萬がそうそうに台所にさがっていくのを見送りながら、斧田はにやりとして声をひそめ、平蔵にささやきかけた。

「なるほど、あんたが居候（いそうろう）をきめこんでいるのも無理ないわ」

「ちっ、おれは師匠からこの家の用心棒を命じられて住み込んでおるのよ。よけいな勘繰りはするな」

「わかった、わかった。そうムキになるな。それにしても、娘も器量よしなら、母親もなかなかの色年増ではないか」

斧田は台所のほうを目でしゃくって、十手の先で平蔵の脇腹をつついた。

「なんなら、おれがかわってやりたいくらいのものよ」

「こら、不謹慎なことをほざくな。これをみろ、これを……」

裾をまくって太腿の傷痕を見せた。

「ふうむ、あんたを手こずらせるとはたいした遣い手だな。よしよし、その傷に免じて「おかめ湯」の女将にはないしょにしておいてやろう」

「なにをぬかしやがる。べつにないしょにしておいてもらう必要などないわ」

「おい、おれの目は節穴じゃねぇぜ。おれにゃ、なにもかもお見通しよ」

「ちっ……」

「ま、その足じゃとうぶん浅草にゃ帰れそうもなかろう」

ポンと平蔵の肩をたたいて、腰をあげた。

「ま、ゆっくり骨休めしていくことだな」

くるっと羽織の裾を巻き上げ、十手で肩をたたきながら土間のほうに出ていった。

二

数日後。

平蔵は身なりをあらため、お萬とお光をともない、佐治一竿斎の住まいを訪れた。

師はちょうど真妙寺の仙涯和尚と碁盤を囲んでいるところだった。

お福さまが喜んで快気祝いをしてくださるという。

お萬とお光が襷がけになって、お福さまの手伝いをしているあいだに、平蔵は一人で筍庵先生の家に向かった。

筍庵は近くに借りている薬草畑にいっているという。

筍庵は竹の編笠に草鞋履きというさきさくな格好でしゃがみこみ、腰につるした籠のなかに薬草を摘みとっているところだった。

さほど広くはないが、さまざまな薬草がぎっしりと畑一面に生い茂っている。

「おお、すっかり元気になられたようだの」

平蔵を見ると、筍庵は腰をあげて満足そうにうなずいてみせた。

「先生の治療のおかげで一命をとりとめました。なんともお礼のもうしあげようもございませぬ」

「なんの、わしはたいしたことはしておらぬ。病いも外傷も最後のところは本人の気力と看病しだいじゃ」

筍庵は籠のなかからもぎとったばかりのアケビの実をふたつ取り出し、ひとつを平蔵にすすめると、自分もパクリと割れた実にかぶりついた。

「ううむ、うまい……」

黒い大粒の種を器用に掌に吐きだし、目を細めて楽しげに笑みくずれた。白くて頑丈そうな歯が並びもよく揃っている。

「よい歯をしていらっしゃいますな」

「なに、これは生まれつきでな。こうやって指でときおり歯茎をこすっているだけでなにもしてはおらん」

「ははぁ、ただ、こするだけですか」

「そうよ。どこでも、皮膚はこすればこするほど血のめぐりがよくなって達者になる。一物もおなじことじゃ」

ふふふと筍庵はふくみ笑いした。

「年寄ると何事もものぐさになるゆえな。血のめぐりも鈍くなって衰える。道具はなんでも日頃の手入れが肝要よ」

目を細めて、薬草畑を見渡した。

「薬草は性の強い生き物じゃが、雑草はもっとしぶといゆえ、暇さえあれば雑草を抜いてやらんとな」

ウンとひとつ、おおきくうなずいた。

「人もおなじことよ。性根の曲がった悪党は間引いてやらぬと雑草のようにはびこる。弱い者ばかりが泣かされるからのう。神谷どのがおられなんだら、お光も、お蔦もどうなっていたことやら……」

筍庵が茫洋たる目を向けて、のどかにひろがる田畑を見やったとき、お光に案内されて小鹿小平太がきびきびした足取りでやってきた。

「いやぁ、よいところですなぁ。ここは……なにしろ大気がうまい」

手にしたスカンポの茎を囓りながら笑いかけてきたが、平蔵が手にしていたアケビの実に目を輝かせた。

「おう、アケビですな。いやぁ、ひさしく口にしておらなんだ」

「あら、アケビならうちの裏でもたくさん採れますのに……」

お光がくすっと忍び笑いした。

「なんと、うらやましい。それがし、アケビは好物でしてな。暇を見ては籠を腰に野山を歩いてはアケビやアマナ、セリにタラの芽、ワラビ、茗荷や山芋などを探し歩いておりましたよ」

「ま、そんなものならうちの近くでいくらでもございますよ」

「なんと……お光どのはよいところに住まっておられますな」

小平太は竹井筍庵に挨拶するのも忘れて、お光との話にうつつをぬかしている。

竹井筍庵と平蔵は呆れたように顔を見合わせ、思わずにやりとうなずきあった。

三

やがて四人は竹井筍庵の隠宅に招かれて茶を馳走になった。

隠宅には壁一面に書棚がはめこまれていて、医書や薬草の書物がひしめきあっていた。

なかには和蘭渡りの洋書や、清国から取り寄せた書物もあったが、平蔵には筍庵の会話がもっとも興味ぶかかった。

小平太はお光との会話が楽しいらしく、こっちには目もくれなかった。

小平太は二十六歳、お光は十六歳、十も年がちがうが、小平太は呆れるほど純粋な若者である。

小鹿小平太は尾張に隣接する刈屋藩で蔵奉行の下役をしていた。

扶持は三十五石だったが、八石は藩財政のため借り上げの名目で天引きされるので、実質は二十七石、飯炊きの女も雇いきれない貧乏所帯だった。

小平太は城下の馬庭念流の道場で十八歳のとき印可をあたえられ、秘伝の「米糊付」を授けられたほどの剣士だった。

気性は明るくこまかいことは気にしないが、直情径行で無鉄砲にはしりやすいところがあった。

両親も他界し、千恵という妹との二人暮らしだったが、妹が家事万端をまめまめしく切り盛りしてくれたので不自由はすこしも感じなかった。

小平太はどちらかというと城勤めは苦手な性分で、暇さえあれば山野を歩きまわり、スカンポを囓りながら山芋を掘ったり、土筆を摘んだりするのが好きだった。

道場仲間もいたが、かれらは酒を飲んでは城下の花街にくりだす口だった。

小平太は白粉臭い女は苦手だったし、だいいち貧しい所帯を切り盛りしてくれている千恵のことを思うと無駄金を使う気にはなれなかったのである。

千恵はなかなかの器量よしで、縁談もいくつかあったが、小平太が嫁を娶るまではといって二十三になっても独り身を通していた。

その千恵が、次席家老の息子に目をつけられて、小平太のことで話があると城下の料理屋に呼びだされ凌辱されてしまったのである。

千恵は家にもどると懐剣で喉を突いて、自裁してしまった。

帰宅して千恵の遺書を見た小平太は、千恵の亡骸を埋葬して二日目、家老の息子を呼び出して斬り捨てた。

子細を記した届け文を組長屋に残した小平太は、その足で藩境を越えて脱藩した。

追っ手がくれば、残らず斬り捨てる覚悟だった。

藩に未練は露ほどもなかった。

山芋を噛り、野草を摘んで生のまま食ってはあてもなくさまよっていたところを、公儀隠密を務めるおもんに拾われた。

おもんは商家の女主人だと偽り、小平太を旅の用心棒に頼んで江戸に連れ帰ったのである。

小平太は以来、おもんが元鳥越町にかまえている忍び宿に寄食する身となった。

間もなくおもんが公儀隠密だということはわかったが、脱藩者である小平太にとっても忍び宿はかえって都合がよかった。

おもんによると、小平太は二十六になるまで女の肌身にもふれたことはないだろうということだ。

それが、今日は客の身であることも忘れ、お光との話に没頭している。

――もしやしたら……。

相縁奇縁（あいえんきえん）という言葉もある。

どうやら筍庵もそう感じたらしく、ときおり好もしげな眼差しを二人に向けていた。

四

師の隠宅を辞すとき、平蔵はお萬に断って小鹿小平太をともなうことにした。

小平太の馬庭念流の腕前は滅多にひけをとるものではないことを平蔵は知って

いる。

もしやして、お萬の家に小平太が寄宿してくれるようになれば、平蔵も身軽になれる。

平蔵は竹井筍庵からまだまだ教わりたいことが山ほどある。

筍庵の医学の知識や医術は底知れないほど豊富で、小川笙船とはちがう意味で、またとなく得がたい師でもある。

小平太の話によると、笙船の門弟が代診を務めてくれている浅草の診療所は、評判もなかなかいいし、結構繁盛しているらしい。

しばらくは目黒にとどまり、筍庵のもとに通って学んでみようと思った。

平蔵は小平太を自分とおなじ八畳間に同居させてもかまわないと思ったが、お萬は玄関脇の三畳間を小平太にあてがった。

お萬はおそらく平蔵のもとに忍んでくるのに都合がいいと思ったにちがいない。

この家のあるじは、お萬である。

部屋割りは家長の権限でもある。

小平太にはなんの異存もなかった。

おどろいたことに小平太は野良仕事も苦もなくこなし、お光とともに毎日のようにいそいそと野良に出ていった。

しかも、お光は小平太の身の回りの世話をすすんで買ってでるようになった。

浅草より下目黒村のほうが性にあっているといったのは本音なのかも知れない。

――おもんになんと伝えたものか……。

日々、まるで若夫婦のように連れ添って野良仕事に出ていく二人を平蔵は好もしく眺めながらも、先行きどうなるのか案じていた。

いっそのこと小平太がお光に夜這いでもかけてくれれば話は早いのだが、一向にそういう素振りはない。

――いっそのこと師に相談してみるか……。


翌日、平蔵は昼過ぎに一竿斎の隠宅に出向いていった。

師は昼寝をしていたが、平蔵の話を聞いて呆れ顔になった。

「なんじゃ、バカバカしい。小平太も小平太じゃが、おまえもだらしがないのう」

師はひとつ大欠伸（おおあくび）をしてから、吐き捨てるようにきめつけた。

「小平太も、お光もとうに盛（さか）りがついておる年じゃ。おまえとお萬がしばらく家を留守にして二人きりにしておけばよい。ほうっておいてもくっつきあうにきまっておるわ」

「ははぁ、ですが、先生。お光はまだ十六のおぼこ、小平太も二十六にもなって女を抱いたこともないという堅物ですぞ」

「阿呆！　小平太はいざ知らず、お光はとうに男と女の閨事がどんなものかは知っておるわ。小平太とて二十六ともなれば男と女がなにをするかぐらいは知っておろう。若い娘と二人きりになれば雄の本能がめざめるはずじゃ。雌は雄が仕掛けてくるのを待っておるようなものよ」

ことともなげに一蹴するとニヤリとした。

「おもしろいのう。ふたりきりになってどうするか、見てみたいものじゃ」

「は……」

「ふふっ、下手すると小平太め、獣みたいに臀から仕掛けるやも知れぬな」

五

師の隠宅を辞去したころ、すでに日は西にかたむきつつあった。

目黒不動の参詣道を通って太鼓橋の前まで来たときである。

橋の上に佇んでいた侍がゆっくりと近づいてきた。

黒羽織の紋に見覚えがあった。

「夕顔に三日月」の家紋、まぎれもなく過日、鏑木典膳と名乗った侍である。

袴も野袴ではなく動きやすく裾を細くしぼった伊賀袴をつけ、雪駄ではなく草鞋を履いていた。

あのときは大小ともに朱塗りの鞘だったが、いまは黒蠟塗りの鞘に変わっていた。

「待っていたぞ。神谷平蔵……過日は迂闊にも信濃屋甚兵衛などという女衒の口車に乗せられて赤恥をかいたが、貴公には是が非でも一度立ち合ってもらいたいと思っていた」

鏑木典膳は素がるい身ごなしで空田に足を向けた。

「なんのためかね。信濃屋甚兵衛は打ち首になり、朱鞘組もお咎めをうけて壊滅したはずだが」

「だれのためでもない。直心影流の剣士として鐘捲流との決着をつけたいだけだ」

そのとき、太鼓橋のうえに佇んで、両手をひしと合わせて祈るような眼差しで鏑木典膳を見つめている女の姿が見えた。

どうやら、鏑木典膳の身を案じている美鈴という女のようだ。

川面を飛び交う季節外れの蛍火が、儚い命を燃やしつくすのが見える。

「剣士の意地など蛍火よりむなしいものだぞ。そんなものより、貴公をひたむきに慕ってくれるおひとのために生きたほうがいいと思うがね」

「貴公にとやかくいわれる筋合いはない」

鏑木典膳は刀の柄に手をかけて身構えた。

双眸が一変し、殺気が漲った。

「そうか、やむをえんな……」

平蔵はソボロ助広の柄に手をかけながら空田にゆっくりと足を踏みいれた。

鏑木典膳は一旦、するすると後退すると、刃を抜きはなって青眼に構えた。

引き締まった躰がにわかに盤石の重みをくわえてきた。

鏑木典膳は直心影流の岡村道場で麒麟児といわれた剣士だと聞いている。

竹刀と防具を取り入れることで、実戦さながらの荒稽古で門弟を鍛えぬいたのである。

鏑木典膳は刃を八双に構えると遠い間合いから一気に殺到してきた。

平蔵は躰を沈めると鞭のように躰を撓わせて右に飛んだ。

鏑木典膳は身をよじりざま、刃を返して横薙ぎに鋒をふるった。その鋒が平蔵の脇腹を掠めた。着衣が斬り裂かれ、鋭い痛みを感じたが浅手だった。

平蔵は身を反転させるとソボロ助広を横薙ぎにふるった。鋒が典膳の肉を削いだ確かな手応えがあった。

典膳の袖が裂けて肌着が見えていた。

淡い夕闇がにじみはじめ、蛍火が薄闇のなかを飛び交い、瞬くのがあわあわと見えた。

典膳がかすかに身じろぎし、足場を探っている。一気に勝負を仕掛けてこようとしているようだった。

平蔵は身じろぎもせず、青眼に構え直した。

それを待っていたように典膳が刃をたかだかとかかげて疾走してきた。それを待っていたように平蔵も走った。一瞬にして間合いが迫り、すれ違った。すれ違いざまに平蔵の鋒が典膳の右腕をとらえた。

典膳はつんのめるようにたたらを踏むと刀をポロリと落とし、ひざまずいた。

鋭い女の悲鳴がして、美鈴が裾を乱し、白い脛をむきだしにして足袋跣のまま空田に駆けおり、典膳に縋りついていった。

平蔵は残心の構えをといて刀を鞘にもどした。

「美鈴どのですな……てまえは医者だが、それがしが手当てしてさしあげるのも具合悪しかろう。橋の向こうに外料（がいりょう）のいい医者がいる。血止めをして急いで行かれるがよい」

「は、はい……」

美鈴は典膳の躰をかかえながら、きっぱりとうなずいた。

空田を出た平蔵は畦道（あぜみち）を踏みしめながら帰路についた。

夕闇が濃さをまし、川面に音もなく飛び交う蛍火が哀れを誘うようにまたたいていた。

（ぶらり平蔵　蛍火　了）

参考文献

『江戸10万日全記録』　明田鉄男編著　雄山閣
『江戸あきない図譜』　高橋幹夫著　青蛙房
『大江戸八百八町・知れば知るほど』　石川英輔監修　実業之日本社
『もち歩き江戸東京散歩』　人文社編集部　人文社

コスミック・時代文庫

ぶらり平蔵(へいぞう)

決定版⑯蛍 火

2023年8月25日　初版発行

【著 者】
吉岡道夫(よしおかみちお)

【発行者】
佐藤広野

【発 行】
株式会社コスミック出版
〒154-0002 東京都世田谷区下馬 6-15-4
代表　TEL.03(5432)7081
営業　TEL.03(5432)7084
FAX.03(5432)7088
編集　TEL.03(5432)7086
FAX.03(5432)7090
【ホームページ】
https://www.cosmicpub.com/

【振替口座】
00110-8-611382

【印刷／製本】
中央精版印刷株式会社

乱丁・落丁本は、小社へ直接お送り下さい。郵送料小社負担にてお取り替え致します。定価はカバーに表示してあります。

ISBN978-4-7747-6491-7 C0193

吉岡道夫　ぶらり平蔵〈決定版〉刊行中！

①剣客参上
②魔刃疾る
③女敵討ち
④人斬り地獄
⑤椿の女
⑥百鬼夜行
⑦御定法破り

⑧風花ノ剣
⑨伊皿子坂ノ血闘
⑩宿命剣
⑪心機奔る
⑫奪還
⑬霞ノ太刀
⑭上意討ち

⑮鬼牡丹散る
⑯蛍火
⓱刺客請負人
⓲雲霧成敗
⓳吉宗暗殺
⓴女衒狩り

隔月順次刊行中
※白抜き数字は続刊